CAUCUS RACE
CANDY
DROPS
Caucus race

CONTENTS

Gファンタジーノベルス

小説
PandoraHearts
Caucus race

著者
若宮シノブ

原作・イラスト
望月　淳

キャンディ缶のなかには
飴玉みたいな四つの宝石
じっと見つめたら、物語があふれだす

The Story
of
THE VESSALIUSES

GOLDEN DROPS

輝けるもの

昔、オズは黄金の雪がふるのを見たことがある。
叔父《おじ》であるオスカーに連れられた片田舎で。
妹・エイダと、従者にして友人であるギルバートとともに。
視界が金色に染まる、息を呑《の》むほどに美しかった……、
その光景を。

―11：00―


ぽかぽかと暖かな空気のなか、『パンドラ』本部の私室でオズ＝ベザリウスは眠っていた。

「………………んぅ」

陽はすでに高い。

カーテンの隙間《すきま》から漏《も》れてくる日差しが頬《ほお》に当たっているためか、オズの顔はすこし寝苦しそうだ。だが、目覚める様子はない。

羽毛布団に体を包まれ、柔らかな枕《まくら》に頭を沈めて、その寝姿は身じろぎひとつしない。

寝息は規則正しく落ちついている。

部屋は、誰《だれ》もがそっとしておきたいと思うような、繊細で穏やかな静けさに満ちている。

そんな空間に。

きぃ、とかすかな音が響いた。廊下へ通じている扉の開く音だ。

「――――」

細く開いた扉から、するりと部屋に滑りこんでくる人影。長い黒髪の、少女。

少女は部屋を見回し、ベッドの上のオズを確認して、くす、と小さく笑みを浮かべた。

花の蕾《つぼみ》がほころぶような、愛らしい笑みだ。――そして、次の瞬間。

「ははっ!!」

少女は、牙《きば》（犬歯）を剥《む》きだしにして獰猛《どうもう》な笑みを浮かべると、床を蹴《け》ってダッシュ。

そして、ベッドめがけて跳躍。

しなやかな肢体が軽やかに舞って、ベッドの真上、天井すれすれにまで達する。

少女の眼下、真下には、わずかに眉《まゆ》をしかめているものの安らかな寝顔をさらすオズの姿。

完璧《かんぺき》に捉《とら》えていた。

オズに起きる気配はない。天地がひっくり返っても狙《ねら》いは外れない、そんな好機《タイミング》。

野獣の眼光を湛《たた》えた少女の小作りな唇が、
楽しげに、
歌うように開かれ、

「オ〜〜〜〜〜〜〜〜〜〜〜〜〜〜〜〜〜〜〜〜〜〜〜ズっっ♪」


全力で落下攻撃をしかけた。


迫りくる気配に、ぎりぎりで覚醒《かくせい》したオズが、ベッドを転げ落ちて回避できたのは、偶然か、奇跡か。

ぼっすん！　と派手な音を立ててお尻《しり》から羽毛布団に着地した少女は、すぐさま「ちっ」と惜しそうに、だが、やはりどこか楽しげに舌打ちした。そして、すぐさま跳ねるように立ち上がると、ベッドの上に仁王立ちになり、オズを見下ろす。

床に転げ落ちたオズは、落下攻撃は回避したものの、後頭部を打って掠《かす》れた呻《うめ》きをもらしていた。まだ眠気の残っている顔で、寝癖の立った金髪をかいて、身を起こす。床で打った後頭部をなでながら、ぼんやりと少女を見て、いった。

「おはよう、アリス。……あのさ」

「フッ。もう昼だぞ、むしろ『おそよう』だ！　お・そ・よ・う！」

この超攻撃的少女——アリスは勝ち気な笑みで、なにが自慢か胸を張って答える。あ〜……

とオズは言葉を濁して、

「おそよう、アリス。だから、あのさ」

「よくぞ、いまの一撃をかわした！　誉《ほ》めてやるぞ、よしよし！」

「……なんで、いきなり命を狙われたのかな、オレ」

「寝坊したオズを起こしにきてやったのだ、ありがたく思え！　ふはは！」

我を崇《あが》めよ、という勢いで、アリスは告げた。

見た目は十代なかばといっていいアリスだが、そんな偉そうな態度が、やけにハマってい
る。ハマっているからいいというものでもないが。ただ、アリスは嘘《うそ》を吐《つ》かない。彼女が『起
こしにきた』というのなら、それは事実なのだ。

……少なくとも彼女のなかでは。

そうなんだ、とオズは、まるで悪びれた様子のないアリスに呟《つぶや》き、

「え〜と、起こすなら、優しくゆり起こすとかさ」

「なにをいう、優しかっただろうが！　私ほど優しいものはそういないぞ、フハハハハ！」

「……元気だね、アリス」

オズは、ちょっと笑っていった。うむっ、と大仰に頷《うなず》くアリス。

普段からテンション高めな彼女だが、それにしても今朝は、いつも以上に高い。なにかいいことでもあったのかな、とオズは思う。とはいえ、いくらいいことがあっても寝込みに襲撃をかけられては、素直に『よかったね』といえるかは微妙だ。

オズの言葉にアリスは、ぴかりんと表情を輝かせ、

「そのとおりだ、オズ！　よく気がついたな、今日、私は調子がいいぞ！」

「うん、見ればわかるよ」

「フッ、知っているぞ、こういうのを〝ぱわーあっぷ〟というのだろう？　ん？」

パワーアップ？　とオズは首を傾《かし》げた。アリスは一気にまくしたてる。

「ふっふーん。あのな、私は、今朝から体が熱く、なんだか妙な感じだ。こう、いままでにない自分が目覚めようとしているような！　こんな感覚ははじめてだ、きっとすごい力を手に入れるに違いない。それにな、歩いていると、足下がふわふわして浮かんでるみたいなんだ。くくく……これは空を飛べるようになるかもしれんなぁ！　まぁ頭がちょっとボーッとして、ガンガンと痛むが、ふふん、これもきっと〝ぱわーあっぷ〟の影響に違いな――くしゅんっ、ごほっごほっ、フハッ、フハハハハハ！　ずびーっ、はくしゅん！」

アリスは大いばりで絶頂な姿。だが、くしゃみと咳《せき》と、形のよい小鼻から鼻水をだしていた。

――ちょっと待て、とオズは愕然《がくぜん》と目を見開く。

ぐいっとアリスに顔を寄せる。動かないで、と告げて彼女の額に自分の額を合わせた。

驚いて、一瞬、アリスは身を引こうとする。

「な、なんだ、オズ……！」

「ダメだよ、じっとして」オズはアリスの肩を掴《つか》まえ「……………………」

「……オズ？」

「熱がある！」

アリスの額は、驚くほど熱かった。オズは真剣な、深刻な顔になって、アリスに告げた。

「それ〝パワーアップ〟じゃなくて風邪だから！」


……………〝かぜ〟？　とアリスは首を傾げた。

まだ昼前。そんなことがあった。

―12：00―


〝チェイン〟が風邪をひく、とは、はじめて聞いた話だとギルバート＝ナイトレイは思った。

穏やかで、晴れやかな正午。

ギルバートは、オズの部屋で、ベッドの脇《わき》に置かれた椅子《いす》に腰かけている。黒髪に隠れがちな両眼は憂《うれ》いめいて伏せられ、悲しげに寄せられた眉と合わせて、さも心配そうな表情を作っている。

「……………」

ギルバートは、視線をベッドに向けた。

その先にいるのは、部屋の主《あるじ》であるオズに代わって羽毛布団にくるまれ、額に濡《ぬ》れタオルを乗せられた、はっきりきっぱり病人モードのアリスだ。ベッドに押しこまれているアリスの顔は、不服げで不満げで、苛立《いらだ》っているようだが、熱に浮かされどこか弱々しかった。

「……………ふぅ、まさか」

ギルバートは首を振りながら、沈みがちな吐息とともに呟きをもらした。

ぽつり、と、

「バカウサギが風邪をひくとはな。バカなのに」

「なにを――――――――――!?」

タオルを弾《はじ》き飛ばして、がばりっとアリスは身を起こした。

そう、ギルバートは憂いているのでも、悲しんでいるのでも、心配しているのでもなかった。風邪引きアリスに呆《あき》れているだけだった。

（まぁ〝バカ〟ウサギかどうかは、ともかくとして、〝チェイン〟がひとの病に……？）

オズに押しつけられた男物のパジャマを着たアリスは、憤然とベッドの上で立ち上がり、

「貴様！　私を、ぐりょ……愚弄《ぐろう》するか！」

びしっというはずが、呂律《ろれつ》が回らず噛《か》んでいた。

むむぅ、とアリスは悔しげに唸《うな》り、やれやれ、とギルバートはもらす。

「いいから、病人はおとなしく寝ていろ」

「なめるな、誰が病人だと？　こんなもの、肉を食えばすぐに――！　……はぅぅ……」

強気にいったアリスだったが、すぐに、ふらーっと体を傾がせる。口調と違い、へろへろな様子だ。

「……だから、寝ていろと」

ぽすんっと弱々しくベッドに倒れたアリスに、ギルバートは、また「ふぅ」と嘆息する。

アリスは自由の利かない自分の体に、忌々しげに「ちっ」と舌打ち。

呆れながらも、ギルバートは派手にめくれた羽毛布団をかけ直し、さらにアリスの額から弾き飛ばされ、枕元に落ちたタオルも拾ってやった。

濡れタオルは、手にとると、だいぶ温《ぬる》くなっていた。床に置かれた氷水の入った真鍮《しんちゅう》製の器に浸《ひた》し、きゅ、と絞る。一連の流れは、ほぼ無意識。染みついたお世話好き体質によるものとでもいうべきか。

ギルバートは、すこし前のことを思いだす。

自分が部屋にやって来ると、それと入れ替わるように出ていった、オズ。

オズは、アリスの風邪のことを話し、そして、はりきって宣言した。


——アリスの看病は、ぜ~んぶオレがするからさ。

加えて、

——んじゃ、ギルは、アリスが無茶しないように見てる係な！

そうギルバートに念を押し、オズは「アリスに食事と薬を用意してくる」といって部屋を出ていった。

おそらく医局で処方薬をもらってくるのだろうが、人間用の薬がチェインに効くのか？　とギルバートは疑問に思う。

オズは、面倒ごとを買って出たというより、楽しみごとを奪われまいとするかのようだった。やけに、はりきっていた。オズはアリスを大切に想《おも》っている、それはギルバートも知っていた。だから、なのだろうが。

そんなことを思いながら、ギルバートはアリスの額に冷えた濡れタオルを乗せてやる。

「むぅ……」アリスは病人扱いされることには不服げだが、されるがままだ。

熱に火照《ほて》った顔に、心地よさそうな表情を浮かべ、けほっ、と小さく咳きこむ。

どこからどう見ても、お手本のような、見るからに風邪っぴきの病人だった。

だが、まぁ確かに、と胸のうちで呟くギルバート。

(こんなしおらしいバカウサギは、多少かわいげも、なくは——)

がぶりっ。

アリスが、ふらふらと顔の上をさまよっていたギルバートの小指に噛みついたのだ。それこそ、音がするほどの勢いで。

予想外すぎて、ギルバートは痛みより先に驚きを覚えた。いま、なにが起きているのか理解できなかった。

遅れて痛みを認識すると同時に、胸のうちで叫ぶ。

(コイツ、噛みやがった――――――⁉)

理解不能。

なぜ⁉　と無数の『?』が脳内を占める。

アリスはギルバートを睨《にら》みやると、釣り針にかかった魚のように小指に食らいついたまま、勝利の笑み。

「ふがっ、ふがふがっ(貴様、いま、私を小バカにしただろう!)」

空気というか、雰囲気でわかったらしい。おそるべき動物的直感だった。

「なっ⁉　ちょ、おまえ!　離せ、離せって!」

狼狽《ろうばい》し、ギルバートはふり解《ほど》こうと慌てて手を振る。だが、アリスは離さない。

病人を殴り飛ばして引き剥《は》がすわけにもいかないが……。

あまりの痛みに、手段を選んではいられない!　とギルバートは、やむなく片手を拳《こぶし》にした。

そのとき。

がちゃりっと扉が開く音と同時に、怪訝《けげん》そうな声が投げられた。

「???　なにやってんの?　二人とも」

ギルバートとアリスの顔が扉に向く。瞬間、アリスは、やっと小指を離した。

そこに立っていたのは、銀のトレイを片手で支えた、エプロン着用中のオズだった。

エプロンは――、ヒヨコ柄だった。

すり潰《つぶ》したバナナを混ぜたオートミール。

それが、オズが用意したアリスの食事だった。オートミールとは、大粒の麦である燕麦《えんばく》を粗く潰すか、細かくカットして、調理しやすくしたもの。水や牛乳で炊いて、食されることが多い。ビタミン・ミネラル・繊維質が豊富に含まれ、消化によいように柔らかく炊かれて、朝食によくだされる。

だが、意外と味付けが難しいとされている。

「……ひよこ」

ギルバートは、エプロン姿のオズを見据えて呟いた。一瞬、オズは『？？？』とぱちくりまばたきをしたが、すぐに理解して、トレイを支えたまま器用にその場でくるりとターン。自慢げにエプロンの裾《すそ》を翻《ひるがえ》して、

「けっこう似合うだろ？　さまになってるって誉められたんだ。オレってきっと、いいお嫁さんになれると思うんだよね～」

ご満悦顔でノリノリのオズ。そんなオズに、ギルバートは、

「――ああ、とても似合っている」

真顔で返事をしていた。心のこもった、一言だった。

「おまえ……マジメに返すなよ。つっ込むとこ、そこじゃないだろ」

呆れたようなオズに、ギルバートは「あ、いや」と口ごもる。

とはいえ確かにオズのエプロン姿は、よく似合っていた。ギルバートは、オズから若干顔をそらして、こほん、と咳払いをする。と思うと、急に、さーっと顔を青ざめさせてギルバートは聞いた。

「エプロンをしてるってことは、……オズ、ま、まさか、おまえが作ったのか……？」

かつて、オズに手料理を食べさせてもらった記憶が脳裏をよぎる。あれは、控えめにいっても〝壊滅的な〟デキだった。対するオズは自信満々で、

「大丈夫だよ、今回はちゃんと調理人に教えてもらいながらやったから！　味見だってちゃんとしたぞ？　これでも筋がいいって誉められたんだからなー」

将来、ベザリウス家の当主となるものに調理の才など不要そうなものだが、オズは心底うれしそうだった。

くんくん、と鼻を鳴らす音がして、ギルバートはベッドのほうを見やる。

アリスはぺたんとベッドの上に女の子座り。そして、やや顔を上向け、匂《にお》いを嗅《か》ぐ仕草。

ふむ、と頷き、「いい匂いがするな、オズ」

「でっしょー？　おいしいの用意したからねっ、アリス」

「ほう。では、当然、肉も入っているのだな？」

「えっ、入ってないよ？」

「……よく聞こえなかった」アリスはもう一度「当然、肉も入っているのだな？」

「だから入ってないって」

「なにぃ……ッッ⁉」

そんなバカな！　とのけぞるアリス。心底ショックを受けたようだ。

「使ったのは、牛乳とシナモンとバナナと――」

アリスは、オズの説明が耳に入らない様子で、がくりとうなだれ、両手をベッドに突いた。

「信じていたのに。まさか裏切られるとは……」

その姿に、ギルバートはアリスがブチ切れるかと、さっと身構える。

だが、アリスは、鬱々《うつうつ》とした思いとともに、ずーんと落ちこみ続けた。それを見てギルバートは拍子抜けしたオーラをまとい、これも風邪で弱っているからだろうか、と考える。

大丈夫おいしいから、と明るくいって、オズがギルバートと入れ替わりに椅子に座った。

トレイを膝《ひざ》に置いて、オートミールの深皿に添えられた銀のスプーンを手にとる。深皿からは、作りたてのためか、熱そうな湯気が立っていた。

オズはスプーンでひと匙《さじ》すくうと、口もとに運んでフーフーと吹いて、冷ます。

そして、

「はい、アリス。あ～ん」

（……な、『あ～ん』だとッ？）

椅子を立ち、オズの斜め後方に退いていたギルバートは、愕然と目を見張った。

オズは恭《うやうや》しくアリスにスプーンを差しだし、そのあごの下にナプキンを持った手を添えて、零《こぼ》れた場合に備える。その光景は、まさに〝ご奉仕〟。

（そっ、そこまでするのか、オズ――!?）

主人の〝ご奉仕〟姿に、ががーん、とショックを受けるギルバート。

アリスは、そこまでいたれりつくせりで促されると悪い気はしないのか、「んっ」と小さく唸って、スプーンに口を近づけた。オズが吹いてくれたおかげで、ある程度は冷めていたが作りたてのオートミールは、まだ十分熱を持っている。

一気に、ぱくりとはくわえられず、アリスはスプーンに乗ったオートミールを啄《ついば》むように口に含んでは、はふはふと口から湯気をもらす。

そんなアリスを見るオズの目は『アリスかわいいなぁ』と幸せそうだ。

そして、そんなオズに、ギルバートは肩をふるふると震わせている。

「まだまだあるよ、じゃあ……」

オズは、再度、スプーンでオートミールを掬《すく》い、アリスに差しだす。そこで、ギルバートは我慢できずに「待て！」と割りこんだ。

従者として、主人のご奉仕モードを見ていられなくなったのだ。いきなり鋭い声を出したギルバートに、オズとアリスが驚いた顔をする。

ギルバートは思い詰めた顔で、

「オズ、おまえがそんな真似《まね》をする必要はない！」

「ギル？　だってアリスは」病人だから、とオズはいおうとした、その瞬間。

「……じゃあ、オレがやるから！」

スプーンを持っているオズの手首を掴み、主張するギルバート。オズはきょとんとして、

「え、ギルが『あ～ん』ってやるの？　それはちょっと見てみたいけど……」

「『あ～ん』はやらん！」

真っ向から否定するギルバート。するとオズは手首を掴んでいるギルバートの指を、空いてる手で剥がし、スプーンを奪わせまいとするように、すいっと手を動かした。オズはギルバートを軽く睨みやり、

「でも、だーめ。アリスの面倒は、オレがみるって、さっきいっただろ」

どれだけギルバートがいい募ろうと、オズはまったくアリスのお世話係を譲る気はないようだった。

あまりしつこくしては、オズが本当に機嫌を悪くするかもしれない。ギルバートはいたたまれない思いを抱きながら、見ていることしかできなかった。眉間《みけん》に寄った悩ましげなシワがじわじわと深くなる。

オズは小鳥へのエサやりのように、アリスにオートミールを食べさせている。

「おいしい？　アリス」

「うむ、悪くない。肉があれば完璧だが」

「それは元気になったらね——、と」

にこにことスプーンを操っていたオズは、ふと思いだしたように、ギルバートへとふり返った。

「そういえば、ギル」

「…………なんだ」

「オレの部屋きたの、なにか用事？」

「ああ——」

いわれた瞬間、ギルバートは思いだした。

―13：00―


「――と、いうわけで『パンドラ』が把握している違法契約者の数は……」

『パンドラ』本部の一角、執務室のひとつにシャロンの声が流れている。

陽がわずかに傾いた午後一時。

執務室にオズの姿はない。あるのはシャロン、ブレイクとギルバートの姿。

ギルバートは壁にもたれて佇《たたず》みながら、聞くともなしにシャロンの声に耳を傾けている。ギルバートがオズの部屋を訪れた用事、それはシャロンからの申し出を伝えるためだった。昼食後、皆ですこし話がしたい、と。話の内容自体は、たいしたことはない。『パンドラ』全体の活動報告といった程度のものだ。

組織として、ではなく個人的に動くことの多いオズやギルバートも、多少は知っておいたほうがいい、というシャロンの心配りだった。

オズは、抜けられない用事があるから、と断った。ギルバートも興味は薄かったが、オズに加えて自分も欠席するのはどうか、と考えて、ここにきていた。

――シャロンちゃんに、ごめんっていっといて。

オズの言葉を思い返す。

……オズはアリスを大事に想っている。それは知っている。だが、どれほど大事に想っているか、どうして大事に想っているか、そこまでは知らない。

入ったら二度と戻れないといわれるアヴィスから、こちらの世界に戻してくれたから？　だが、それはアリスがこちら側に出てくるためにオズを利用した、といったほうが正しい。あげく〝違法契約者〟となったオズは、その身に時限爆弾を仕込まれたようなものだ。

むしろ、アリスに負の感情を抱いてもおかしくはない、とさえいえるのではないか――。


そこまで考えて、ふとギルバートは内心で首を捻《ひね》る。

（オレ自身は、バカウサギをどう思ってる？）

バカなところに困らされることも多いし、遠慮なくひとの懐に踏みこんでくる人柄も苦手だし、あの偉そうな態度だって、鼻につくものは多いだろう。

おまけに常に腹ペコで肉好きの偏食家、まぁ、あれだけ美味《うま》そうに食べられれば作り手としてはうれしいものだが、――ってそれはどうでもよくて。

嫌う理由こそあれ、好く理由などない、ような気もする。

だから、なのだろうか？　ギルバートはエプロン姿のオズを思いだす。アリスのために慣れない手料理までふるまったオズ。その〝ご奉仕〟モードな姿に、苛立ち、といってもいいかもしれない、落ちつかなさを覚えたのは。

（はっ――、まさか嫉妬《しっと》？　オレが？　バカウサギに？）

ありえん、と乾いた笑みを浮かべて首を横に振る。

頭を切り換えるように、オズがしていたエプロンのひよこ柄を思い返す。

(それにしても、さっきのエプロン姿は本当によく似合っていたな。貴族の身でありながら庶民の服装も完璧に着こなすオズは、やはり自慢の主人《マスター》だと思う——)

そんなふうに思索に耽《ふ》けっていたギルバートは、気づかなかった。

すこし前からシャロンが、話を聞いていないギルバートに何度も呼びかけていたことに。

「おーい、ギルバート君?」

そばまでやってきたブレイクに耳元で声を上げられ、ギルバートは、はっと我に返る。

見ると、ブレイクは、ちょいちょいと一方向を指さしている。

その方向へギルバートが視線を向けると、

「うふふふふふふふふ」ごごごごごごごごごご……。

そこには、隙のない上品な笑みを浮かべているシャロンの姿。にっこり笑顔のシャロンが放っている〝圧力《プレッシャー》〟に、ギルバートはひとたまりもなく怯《ひる》んだ。

「なにか、楽しい空想に浸っているようですね、〝鴉《レイヴン》〟」

ぞぞっと背筋が寒くなるのを感じて、ギルバートは「……い、いや」と声を絞りだすことしかできなかった。——それなりに重要なことを話しているのに、なにを考えていたのか、とシャロンの朗《ほが》らかな笑みに追いつめられ、ギルバートは喘《あえ》ぐように答えた。

正直に、

「ひ、ひよこ」

——ひよこ? とシャロンとブレイクが同時に首を傾げた。

「アリス君が風邪を、ネェ」

「それをオズ様が看病……だから来れなかったんですのね」

ひと通りギルバートが話すとブレイクとシャロンは、納得したような、していないような微妙な表情になった。

チェインが風邪をひく、それは二人にしても初耳だったようだ。この様子では対処法を聞いても、めぼしい答えは返ってこないだろう、とギルバートは思う。

シャロンのそばに立ったブレイクが、人差し指をぴょこんと立てて、

「それで、ご主人様をとられて、忠犬ギル君はさみしい思いをしてるってことですネ」

「あら」

ブレイクの言葉に、シャロンが口元に手を添えて小さく笑った。

「違う、オレは別に」

ギルバートは顔を赤くして反論する。だが、その言葉と表情は、さらにブレイクとシャロンの微笑《ほほえ》みの燃料にしかならなかった。

この手のやりとりでギルバートが二人に敵《かな》うわけがなく、この場合、考えられるもっとも被害が少ない戦術は即時撤退だった。とはいえ、そんな空気を読んだ判断ができれば、ギルバートは〝ギルバート〟ではない。

「……オレは……、オズがやけにバカウサギの看病にこだわるから、それが変だと……手料理

なうえに『あ～ん』まで――」

「(にやにや)」ブレイク&シャロン。

余計なこといった！　と気づくギルバート。が、完璧に、ときすでに遅し。

「ほほう、『あ～ん』かい」とブレイク。

「『あ～ん』ですのね」とシャロン。

「……『あ～ん』――」声をそろえて唱和するブレイク&シャロン。

「なななな、なにがいいたい、おまえたちは！」

防衛行動としてギルバートが逆ギレすると、シャロンが日差しのような麗《うら》らかな笑みで、

「いえいえ、なんでもありませんわ――ぷっ、くすくす」

「くくっ、笑っちゃダメですよォ、お嬢様……くくくっ」

「お、お、おまえら～～～～～～～～っっ！」

「――とまァ、ツカミはこの辺で」

さらりとブレイクがいうと、ええ、とシャロンは深刻な顔で頷き、

「気になりますわね、チェインの罹《かか》る病……呪《のろ》い、の類かも」

こっちの反応を流された、と憮然《ぶぜん》となるギルバート。

考えてみれば、シャロンもブレイクもチェインと契約している。同じような症状・現象が自らのチェインにも起こり得るのなら、他人ごとではないのだろう。

それはギルバートも同じ立場のはずだったが、そこまで考えは及んでいなかった。

息の合った二人の会話のテンポに付いていけない。翻弄《ほんろう》されっぱなしだ。

「フム」ブレイクは吐息をひとつ零し「オズ君は、なんて?」

「…………はりきってる」

「はイ?」

「バカウサギの看病にはりきってる。むしろ、うれしそう——」

ブレイクにそういったとき、ギルバートは、ふっと自分の手に視線を落とした。

スプーンでオートミールを掬い、アリスに差しだされたオズの手。その手首を掴んだ、この片手。

オズの手首に絡んだ指は、すぐに剥がされた。

……なにかが心に引っかかった。なにかは、わからなかったけれど。

(違う、わかる。あれは——)

片手を、掌《てのひら》を、開き、閉じる、何度かくり返す。

急に黙りこくったギルバートを、ブレイクは口を挟むことをせず見守る。

シャロンは、どうしたのかと問いたげな表情。

「あ……」

ギルバートは呟いた。

脳裏に、一瞬、閃《ひらめ》いた光景があった。もう遠く、かすかで、懐かしい。

ちらちら、きらきら、と舞い散る——、

伏せていた顔をギルバートは上げる。ぽつりと、一言。

「黄金の、雪」

ギルバートは、ブレイクとシャロンには意味不明なその言葉を発したかと思うと、勢いよく身を翻した。

二人に背を向けて、足早に執務室から出ていく。背後からシャロンが声を投げかけてくるが応《こた》えている余裕はなかった。廊下に出て、なかば走るようにオズの部屋を目指す。そこまでたいした距離ではないはずが、やけに遠く感じて、焦燥《しょうそう》する。

——あの、バカ！

と口のなかで小さく呟く。

ギルバートは部屋の前に着き、「オズ！」と呼びながらノックもせずに乱暴に扉を開けた。

「う、く、あぁぁぁぁぁ……‼」アリスの苦悶《くもん》の声。


—13：30—


ベッドの上、胸を掻《か》きむしり、苦しげに喘いでいるアリスの姿。

「アリス！　……アリス、大丈夫⁉」身を乗りだし、くり返し彼女の名前を呼んでいるオズ。

「——⁉　どうした、オズ⁉」

ギルバートも急いで駆けよる。オズはギルバートを見上げ「わかんないんだ、急に」と首を振った。

〝風邪〟どころの騒ぎではなかった。

アリスの体は弓なりに反り返り、痙攣《けいれん》を起こしている。羽毛布団を跳ね飛ばし、身を案じて手を伸ばしてくるオズの腕に爪《つめ》を立てる。「痛ッ」とオズが呻いた。

アリスの身になにが起きているのか、オズにもギルバートにもわからない。水に溺《おぼ》れ、必死に浮かび上がろうとするかのように、アリスの手が宙を掻く。

アリスの目は、高熱に浮かされているように焦点が合っていない。

「ああああああああああああああああああああああああああああああああ……!!」

部屋の空気を切り裂く悲痛な声。アリス！　と叫ぶオズ。

と、急にアリスは沈黙し、がくりとその全身が脱力した。なんだ？　と警戒するギルバート。

「ふぇ」

アリスは顔をしかめ、一音もらし、次いで、

「はっくしょ――――――――――――――――――――い!!」

山が噴火するような大きなクシャミが部屋をゆるがした。同時に、
アリスの体から〝ちびアリス〟が溢《あふ》れた。

「私はハラが減ったぞ！」「減った減った」「おい、オズ！」「肉を持て！」「そこの、ワカメでもいいぞ」「肉だ」「肉が食いたい」「いい肉が食いたい」「いい肉とはどんな肉だ？」「肉のなかの肉だ」「肉肉しい肉だ」「肉の王者だ」「それはおかしい」「肉はそもそも食べものの王者だ」「そうだ」「たしかにそうだ」「いい肉とは王者のなかの王者肉」「強そうだな！」「かっこいいぞ！」「食いたい」「食わせろ」「今夜は、ステーキだったはず」「焼いた肉か！」「焼いた肉だ、フフン、すごいだろう」「なぜ、おまえがエバる」「調理場には肉があるか」「ある」「あるある」「なかったらどうする」「ないことはない」「哲学的だな」「哲学的か？」「哲学的な肉か」「どんな味だ」「考えさせられる味」「うまいのかそれは」「……考えさせられる」

「……………………………………え？　なにこれ？」

呆然《ぼうぜん》とオズは呟く。

冗談か悪夢のような光景だった。爆発的なくしゃみと同時に、身長十五センチほどのちっちゃなアリスが、およそ百体、いや、それ以上の数、彼女の体から現れていた。それらは部屋中に広がり蠢《うごめ》いている。

見れば一体一体は、人形のようで愛らしくなくもない。だが、百体もの数がザワザワざわめいている光景は、不気味の一言だった。

床だけでなく天井に張りつき壁を這《は》いずり回り「肉！　肉！　肉！」と騒いでいる。

「オズ、なんだこれは！」叫ぶギルバート。

「わかるわけないだろ！　か、風邪の症状にあったたっけ、こんなの」

「聞いたことないな……」

あまりの異常さに、ギルバートは驚きや呆れより苛立ちを覚え、舌打ちした。小さな音だったが〝ちびアリス〟たちは耳聡《みみざと》く反応して、ぞろりと一斉にギルバートへ視線を向ける。

黙って、じっと向けられる百体のまなざしは、ちょっと、いや、かなり怪奇《ホラー》だった。

ギルバートは背筋に寒気を感じた。〝ちびアリス〟たちは、ひそひそとなにか会話している。

——どうする？　食べてしまうか？　まずそうだぞ。だが、調理によっては……。

「物騒なこといってんな！　ちびども！」

ドン引きしながらも、ギルバートは怒鳴った。それと同時に。

「肉！」「肉！」「肉！」「肉！」「肉！」「肉！」「肉！」「肉肉肉肉肉肉肉肉肉〜！」

百体の〝ちびアリス〟は、
愛らしい顔に凶悪な眼光を湛え、津波のようにギルバートに襲いかかった。

抵抗などしようがなかった。——死を覚悟した。

「…………!?」

「ギル！」必死に呼んでくるオズの声。

なすすべなく、ギルバートの意識は闇《やみ》に呑まれた——。


ひと塊になった〝ちびアリス〟が、ギルバートに押しよせ、さんざん足蹴《あしげ》にし、廊下へと去ったあと。

部屋に残されたのは、呆然としたオズ、気絶して倒れているギルバートと、そしてベッドの上で苦しそうに息を荒げているアリス。オズは心配顔でギルバートとアリスを見比べ、まずギルバートに駆けよると、気を失っているだけで別状はないことを確認する。

ほっと短く安堵《あんど》の息をもらし、オズはすぐに踵を返してアリスに駆けよった。

「アリス！」

「あいつら……」

アリスは立ち上がろうとするが、まるで体に力が入らず、ぺたんと尻餅《しりもち》をついた。

「無茶しちゃダメだって」

オズはアリスを宥《なだ》めて、横にならせる。

無理などしていない、と強がろうとするアリスだが、オズを睨む眼光にはまったく迫力がない。

「あれは……あのチビどもは、私の〝力〟だ」

枕に頭を落として、ぼそりとアリスはいった。「力？」とくり返すオズ。

「もともと、なにか体のなかがざわついている気がしていたが……それが溢れた、さっき」

くしゃみが引鉄《ひきがね》になって、ということらしい。

とはいえ、すぐに、なるほど、とはオズは頷けない。あまりの異常事態だ。

呆然と〝ちびアリス〟が出ていった扉を見やる。

いま、『パンドラ』本部内が、どんな騒ぎになっているか。想像もできなかった。

「……くそ、ダメだ」

アリスは身を起こそうとしながらも、まるで体の自由が利かず、悔しげな声をもらす。

「アリス、じっとしてなきゃ」

気遣ってオズがいうと、アリスは焦点のぼやけている目でオズを見上げた。たのむ、と小さな唇が動く。それを見てオズは頷く。アリスは意識を失いながら呟いた。——私の〝力〟をとり戻してくれ、と。

「わかった」迷わずオズは応え「どうすればいい？」

「……どんなやり方でもかまわん。踏みにじるでも、ねじり殺すでも、なんでも、とにかく潰してしまえば、ただの〝力〟に戻って、私に還《かえ》るはずだ」

譫言《うわごと》のようにアリスは話し、それを最後に目を閉じた。思わずオズは「アリス！」と声を上げるが、アリスは苦しげな呼吸をくり返すばかりで反応しない。完全に意識をなくしたようだった。

その姿は、ときに凶暴なほど活発で明るいアリスからほど遠いもので、オズは痛みを覚えたように眉を寄せる。

「——アリスの〝力〟」

現実味のない事態だったが、自分がするべきことは、わかりきっていた。

アリスを助ける。

オズは顔の前で片手を広げて、それをぎゅっと拳にした。祈るような表情で、拳を額に押し当てる。……よし、と小さな声で、だが強い口調で呟く。

そして、最後にアリスの額に手を伸ばし、前髪の乱れを直してから、くるりと反転した。

「待ってて、アリス」

ベッドのそばから離れ、扉へと向かう。気絶し倒れているギルバートの傍《かたわ》らを通りすぎながら「ごめん、ギル」と言葉をかける。

「戻ってきたら、ちゃんと介抱するからさ」

扉のノブに手を掛け、開く。廊下に駆け出る。廊下には、ギルバートと同じように〝ちびアリス〟の群れに襲われたのだろう、『パンドラ』の職員が、あちこちに倒れていた。まさに死《し》屍累々《しるいるい》。廊下の惨状を目の当たりにし、オズは息を呑んだ。

幸い、みな、気絶しているだけで外傷などはなさそうだ。倒れているものたちに、やはり心のなかでゴメンと謝ってオズは廊下を駆ける。

行き先は決まっている。

〝ちびアリス〟たちが、アリスと同じ性質を有しているなら、ひとつしか考えられない。すでに手遅れかもしれない、と思いながらオズは駆ける。

目指すは――、

「調理場！」

オズのエプロン姿を誉め、料理の手ほどきをしてくれた調理人たちの顔が脳裏をよぎる。間に合え、と念じながら、オズは駆ける速度を上げた。

―14：00―

オズが着いたとき、すでに調理場は〝ちびアリス〟の占領地と化していた。

〝ちびアリス〟は、そのほとんどすべてが調理場に集っていて、調理人たちは奴隷のごとく扱《こ》き使われ、肉料理を作らされていた。ちょっとでも逆らおうとするものは、容赦なく噛みつかれている。いくら見た目が愛らしいとはいえ、さすが本性は〝血染《ビー》め《ラ》の《ビ》黒《ッ》ウサギ《ト》〟。

調理場は、肉！　肉！　肉！　肉！　という無数の貪欲《どんよく》な声に満ちている。

オズは鍋《なべ》ブタを盾に、お玉を剣に、恐るべき肉食の軍勢に立ち向い、そして——。

調理場での戦いは、熾烈《しれつ》を極めた。

—16：30—

「……いた、最後の一体だ」声をひそめてオズは呟く。

『パンドラ』の裏手、敷地の外れ、一本のカエデの樹の上のほうの緑葉の茂み。オズの声はごく小さなものだったが、その声に反応して、びくっと身じろぎする気配とともに「ひうっ」と愛らしい悲鳴が樹の上からふってくる。そして、カエデの葉の合い間から、小さな人形のような姿が覗《のぞ》いている。

〝ちびアリス〟だ。

調理場で暴れていた〝ちびアリス〟の軍勢を、オズは調理人たちの協力もあってなんとか退治した。だが、そのとき、すべての〝ちびアリス〟を倒したと思ったオズは、こそこそと調理場から逃げだす小さな影を見つけた。

そして、ここまで追ってきたのだった。

「けさないで、けさないで、けさないで……」

頭上から、そんな震えた声が聞こえてくる。

どうにも、その最後の一体は、本体のアリスや他の〝ちびアリス〟とは性格が違っているようだ。ずいぶん、臆病者のように感じられる。

「けさないで、いたいことしないで、いじめないで、ごめんなさい、ごめんなさい」

ぷるぷるぷるぷる。小さな体が、緑葉の陰で震えている。

オズは、まだ片手にお玉を持っている。調理場では、これで多くの〝ちびアリス〟をポカンと叩《たた》いて、〝力〟へと戻したが……。

「…………」

オズは、お玉を見やり、ぽいっと足下に放《ほう》った。

——あれは、ちょっと叩けない、と思う。

よし、と頷き、オズはカエデの木にとりつき、登りはじめた。


「……わぁ」

幹を登ってたどり着いたカエデの木の上。太い枝にしがみ付いて、視界に捉えた最後の〝ちびアリス〟の姿にオズは小さく声を上げた。

ぷるぷるぷるぷる。

〝ちびアリス〟はカエデの葉の裏に必死に隠れようと身を縮め、震えている。そして、オズの接近に気づいて「ぴいっ」と小鳥みたいな悲鳴を上げ、涙にうるんだ瞳《ひとみ》を向けてくる。いじめないで、いじめないで、と〝ちびアリス〟は小声でくり返す。

（か、かわいい……）

オズはどうしようかと思った。

「あ、あの、えーと、キミ」

「はう！」びくっと震え上がる〝ちびアリス〟

「ああ、怖がらないで」

「いじめないで、いたいことしないで」ぷるぷる。

「イジメないし、痛いこともしないよ」

怯えている彼女を、安心させるようにオズはいう。するとカエデの葉の陰から、こそっと顔をだして〝ちびアリス〟はオズを見てきた。ほんとに？　ほんとに？　と不安がっているのが手にとるようにわかる。オズは微笑みかけた。——約束するよ、と。

こんな子を消す、なんて、ずいぶん酷《ひど》いことのように思える。

……かといって、アリスの〝力〟のひと欠片《かけら》である〝ちびアリス〟を、このまま放置しておくわけにもいかないだろう。とりあえず地面に下りよう、とオズは考えた。ここで悩んでいても答えは出ない。

「こっちおいで、アリス。下におりよう」

「おりる？」

「うん、ここは危ないよ。ぜったい乱暴なことはしない。だから、さ」

「……………………やくそく？」

「約束する。オレ、約束は破らないから、信じてよ」

「……………………うん」

小さな小さな声で応えて、最後の〝ちびアリス〟はカエデの枝の先のほうから、オズに向かって歩みだした。まだ完全には信じられていないのか、どこか不安げな様子で。

「ゆっくりゆっくりだよ」と注意を促して、オズは近づいてくる〝ちびアリス〟にそっと手を伸ばした。伸ばされたオズの手に、最初は怖がるように身を竦《すく》ませた〝ちびアリス〟だが、辛抱強くオズが待つと、やがてオズの人差し指に手を伸ばし、きゅっと掴んだ。

オズは笑みを浮かべる。釣られて〝ちびアリス〟も、はにかんだ。その愛らしい表情に、ほっとオズは吐息をもらした。次いで、

（――あ？）

くらり、と目眩《めまい》。ぞくっと背筋に悪寒が走る。

（ヤバ……！）

全身から急速に力が抜ける。太い枝に絡めている両脚の感覚が、すうっと消えていた。――力が入らない。視界が、さーっと色をなくし薄暗くなっていく。「おず？」と怪訝そうな〝ちびアリス〟の声。危機感だけが全身を満たすが、反して手足が思いどおりにならない。

体が、傾いていくのがわかる。

重力に引かれて。

落ちる。

(なんだよ、くそ！　こんなところで……！)

無理やり手を動かして、〝ちびアリス〟を掴み、胸のうちに抱きこむ。

せめて、この子だけは守らないと、と思った。

(あー、地面で頭打ったら痛いかな、痛いよな、やっぱ。痛いのは、やだなぁ——)

そんなことを、遠のく意識のなかで、どこか呑気《のんき》に思った。


まぶたの裏で、黄金の雪が、ちらちら、きらきらと舞うのを見た。


「——オズ！」

意識が途切れる寸前、オズは誰かの声を聞いた気がする。

それは、よく知っている声で……。

(あ、ギル？)

＊　＊　＊

『金色の海のようだ』と思った。

地平線の向こうまで広がっているような、広い、広い、一面の麦の穂。大きく息を吸いこむと太陽の匂いがした。風に穂がゆれるさまは本当に海の水面のようだった。

ベザリウス家お抱えの農家が世話している麦畑。十二歳になった年の収穫の時期、叔父のオスカーに連れられ、オズは妹のエイダとギルバートとともに、その地を訪れた。オスカーが発案した日帰りの小旅行だった。

オスカーは農家のひとと話があるからと、オズたちに、しばらく遊んでろといっていた。

オズは、オスカーと別れると、すぐさま妹とギルバートと麦畑の海に飛びこんだ。

空は雲ひとつない晴天。

わずかに傾いた正午過ぎの日差し。

――すばらしい麦畑ですね、坊ちゃん。

昼食のサンドイッチやデザートが詰まったバスケットを抱え、ギルバートがいった。

オズは自分の手柄のように胸を張り、

――だろっ？　うちの自慢のお抱え農家の畑だからさ。

オズと二人は、横一列にならんで目を奪われたように、その金色の海を眺め続けた。

ふとオズは悪戯《いたずら》っぽく笑って、

――なぁ、ギル。

――はい？

――おまえ、虫が付いてるぞ。

――えっ、どこですか？

――ほら、そこ。前髪に。取ってやるから、じっとして。

人差し指を立てて、ギルバートの顔に近づける。

目にかかる長い前髪に指を近づけると、ギルバートは不安げな顔をして、ぎゅっと目をつむった。それを確認して、オズは悪戯っぽい笑みを大きくした。

ちらりとエイダに目配せする。エイダは、なぁに？　と不思議そうに小首を傾げる。

——ま、まだですか、坊ちゃん。早く……。

——あー待て待て。ムムム、意外と大きいな、これ。

——えっ。

——動くなよ、せーのっ。

——○×△□⁉

指先の進路を変更して、形のよい鼻を摘《つま》んでやった。

目を白黒させるギルバートの表情がおかしくて、声を上げて笑った。すぐに手を離す。すこし恨みがましい目で見てくるギルバートに、ひらりと手を振ると、エイダの手をとって逃げるように駆けだす。そのあとを、待ってください、と困ったような声を上げてギルバートも追ってくる。

オズは駆けた。麦畑の、金色の水平線を目指すように。

最初は驚いた顔をしたエイダだが、すぐにしっかり手を握り返してきて、笑顔を見せた。

駆けながらくすくすと笑い声をもらすエイダの姿。オズの胸に満足感が湧く。

——楽しいか？

——うん、とっても！　お兄ちゃん！

——そっか、オレもだ！

息を弾ませながら、声を交わす。

来てよかったと思う。今日のことを、父に申し出てくれたオスカーに、心から感謝した。

弾けた笑みで駆けながら、オズは後ろをふり返り、

——遅いよ、ギル！　置いてっちゃうぞ！

——……ま、待ってください、坊ちゃん、エイダお嬢さまぁ！

オズは足をとめた。エイダとならび、顔を見合わせ息を整える。やがて息を切らしながらギルバートが追いついてくる。と同時に、オズはまた走りだそうとしたが、足をだすのをやめた。そのとき、大きな風が吹いた。大きくて、強い風が、麦畑を薙《な》いで走り抜けていく。ざぁぁぁぁぁ、と穂がなびく音がした。

——…………っっ！

オズは立ちすくみ、風の勢いに、思わず目をつむった。

そして、ゆっくりと目を開けた。

強風に吹きさらされ、舞い上がった麦の粒が、太陽の光を受けて輝いていた。

きらきら、ちらちら。

きらきら、ちらちら。

晴れ渡る青空の下、降る、それは、まるで。

——『黄金の雪』だ。

オズは呟いた。息を呑み、目を、いや、心をその光景に奪われて。

ギルバートもエイダも同じように見入っていた。声もなく、ただその場に立ち続けて。


そう、オズは昔、黄金の雪を見たことがあった。

もう遠く、かすかで、懐かしい――。

―17:00―


（……ん？　あれ――）

ぼんやりと気づいたとき、オズはゆられていた。空は夕の朱色に染まりつつある。

まだ夢見心地のオズの意識は、なかば金色の海にいて。

（――太陽の、匂いがする）

そんなことを思った。

徐々に意識が現実に戻る。周囲の景色が目に入る。まだ時間感覚がぼやけていた。

ここはどこで、いまはいつなのか、と思う。

そんなことより、自分が、いま、どうなっているのか。曖昧《あいまい》で。

すぐ眼前にあるのは、癖のある黒髪のギルバートの後頭部だった。服越しにギルバートの体温を感じた。ギルバートの背中の感触を感じた。ギルバートは歩んでいる。オズの足は動いていない。ぶらぶらと宙を漕《こ》いでいる。だが、前に進んでいる。

「起きたか、オズ」

どこか不機嫌な調子で向けられたギルバートの声に、オズの意識が急速に目覚める。

自分は背負われている。思いっきり〝おんぶ〟されている。ギルバートに。

——ちょっと待て、と思う。どうしてこうなっているのか、さっぱりわからない。

「なにやってんだよ、ギル！」

「なにって……。屋敷に戻るところだが」

「そうじゃなくて、なんでオレおまえに背負われてるんだよ！」

「覚えてないのか、おまえ。樹から落ちたこと」

「えっ……？」

ギルバートの言葉で、オズの脳内で記憶が再生される。

最後の一体の〝ちびアリス〟を捕まえようと樹に登って、あとすこしというところで全身から力が抜けて、落下した。〝ちびアリス〟を胸に抱きながら、地面で頭を打つのを覚悟したところで、記憶は途切れている。

それにしても、おかしい、とオズは思った。地面に激突したわりには——。

そこまで考えたとき、意識が途切れる寸前『オズ！』と呼ぶ声がしたことを思いだした。

オズの部屋で、気絶していたはずの、ギルバートの声が。

……そして、オズは抱きとめられた。

あと一歩駆けつけるのが遅れていたら間に合わなかった、とギルバートはいった。ギルバートの言葉に、オズは答えられない。続けてギルバートは、どこか懇願するような響きの声で、オズにいった。

「頼むから、無茶しないでくれ」

「――――」

なにかギルバートにいうべきなのだろう、とオズは思った。謝罪か、感謝か。

だが、言葉が出てこない。胸のうちで、いくつもの想いが混ざって、口をふさぐ。

そんなオズに、ギルバートもすこしの間、黙り、そして、

「間に合ってよかった」

深い安堵の色の声音。――ごめん、とオズは小さな小さな声で、謝った。

が、オズはすぐに、

「ああっ！」と声を上げる。

耳のそばで大声を出され、ギルバートは顔をしかめる。だが、オズはそんなギルバートにおかまいなしに、最後の〝ちびアリス〟は？　と聞いた。

ギルバートは短く、消えた、とだけ教える。

反射的に、オズは乱暴に、ギルバートの後ろ髪を掴んでいた。

「消したのか⁉　無理やり」

「違う、いい方が悪かった。逃げたんだ、どこかに消えた」

「そっか――」ほっとするオズ。

ギルバートに背負われ、『パンドラ』の敷地の小径《こみち》を歩いている。館内へと戻る道だ。

また〝ちびアリス〟を探さなければいけないが、ともかく一度、部屋に戻るということだろうとオズは思った。多くの〝ちびアリス〟は、すでに〝力〟となってアリスの体に還っているはずだ。

アリスが、すこしでもよくなっていてくれれば、と――。

「じゃなくて！　おろせよ、ギル！」

また暴れだしたオズに、ギルバートが「危ないだろ！」と叱《しか》る。

「オレなら平気だっての！　おろせって！　なにおんぶしてんだよ！」

「ダメだ、このまま連れてく。部屋まではな」

「や～め～ろ！　オレなら、ひとりで歩けるってば！」

ぽかぽかと本気ではない力でギルバートの後頭部を叩く。対するギルバートの返事は、

「ムリだ、もう限界だろう。無茶をして」

声を荒げるといったことはしない、だがそこには断固とした強さが宿っていた。

いっさい譲る気のない、不機嫌そうな声。

思わずオズは言葉を飲み込んだ。ギルバートは、まさに怒ったような口調で、

「なんで隠してた、自分も風邪ひいてるってこと――」

なにもいえずオズは口を閉ざす。しばらく黙って背中でゆられ続けたあと、ぽつりといった。

「気づいてたんだ」

「……当たり前だ」ギルバートは応える。

そう、自室でアリスの看病をしていたオズ、あのとき。スプーンでオートミールを掬い、ア

リスに差しだされた手首をギルバートが掴んだとき。ほんのわずかだが体温が高かった。ほかの誰かが同じように掴んでも、きっと気にしない程度の異変。それに、

「調子が悪いときほど、はりきって……おまえってやつは」

考えてみればアリスの看病へのはりきりっぷりが、すでに伏線だったのだ。

「だってさ……」オズは気まずそうに間を置いて「アリスの風邪って、オレの、せいだから」

今度はギルバートが黙った。

自分のせい——それはオズの直感であると同時に、確信だった。

オズが体調を崩したのは、ゆうべ遅くのこと。読んでおきたい書物があったので、夜更かしをした。本に熱中して窓を開けっ放しにしていたのを忘れていた。すっかり体が冷え切っているのに、気づいて、慌ててベッドに入った——のだが。

明け方には軽い風邪の症状が出ていた。ゆっくり休めば、治るだろうと思っていた。

アリスも風邪をひいているとわかったとき、一瞬で理解した。

通常、チェインは風邪をひかない。

そのアリスに、風邪の症状が出たのは、自分《オズ》と……契約者と繋《つな》がっているからだろうと。他の契約者とチェインの間でも同じような現象が起きるかは、わからないが。

「……なるほどな。だから責任をとって看病しようってしてたわけか。バカだな」

軽い笑みを含んだ声でいわれ、オズは〝ぷー〟と頬を膨らませ、そっぽを向く。

「黄金の雪」

ふと漏れたギルバートの呟きに、オズは息を呑んだ。ギルバートは続けて、

「昔、麦畑に行ったときも、風邪のこと隠して遊び回って、最後、倒れただろう」

「……うん……」

麦畑に行ったこと、エイダとギルバートと遊んだこと、そして黄金の雪を見たこと。楽しくて、懐かしくて、それだけじゃなくて、苦い記憶。

(ずっと、オレは父さんに嫌われていて――)

理由は、いまもわからない。……父・ザイ＝ベザリウスは、幼いころからオズを忌むべき存在として見ていて、オズは気軽に外出することも許されていなかった。

だが、オズ自身はそんな扱いにも慣れていた。すべてを受け入れられるように、自分の心を殺せばいいだけだったから。

ただ、まだ幼いエイダに、不自由な思いをさせていることが辛かった。本当なら、兄である自分がエイダの手を引いて、いろんなところに連れていってやるべきなのに、と。

きっと叔父のオスカーは、そんな自分たちを見かねて、父に提案してくれたのだろう。年に数度ある、ベザリウス家お抱えの農家への視察。それにオズとエイダ、その従者としてギルバートを連れていきたい、と。オスカーは、そう父に申し出てくれたのだ。

簡単に父が納得したとは思えない。だが、どんなふうに父を説得したのか、結局、オスカーは教えてくれなかったので、わからず仕舞いだ。

泊まりがけではない、ちょっとした、日帰りの小旅行。

まだ屋敷から遠出をしたことのなかったエイダは、心の底からうれしそうで、だからオズも喜んで、その誘いに乗った。

今日と同じだ。その日、朝から体調が悪かったことは誰にもいわずに、――隠して。

自分が外出をやめれば、きっと優しい性格の妹も行くのをやめるだろう。

そんなことは、させたくなかった。

だからオズは麦畑に着くまでも、着いてからも、いつもどおりに、いや、いつも以上に明るく楽しくふるまった。ギルバートをからかい、エイダと手を繋いで麦畑を駆けた。エイダが楽しんでくれればいいと、笑ってくれればいいと、そう思っていた。

そして、日が暮れるころ、オズは倒れた。――麦畑のなかで。

あのときは、ギルバートはオズが倒れるまで体調が悪いことに気づかなかったし、倒れたオズを運べるだけの体格もなく、あわてふためいてオスカーを呼んでくることしかできなかったと聞いている。

あのころは子供だった。自分と同じように。

だというのに、いまは――。

オズの異変に気づいて、ピンチにぎりぎりで駆けつけて、抱きとめて、背負って。

そのうえ、無茶するな、とたしなめることまで、オズはされた。

(なんだよ……)

複雑な感情が胸のうちに湧いて、ぽつりとオズは呟いていた。

「――夢、みたよ。あのときのさ」

そうか、とだけギルバートはいった。

オズは疲れたように、ギルバートの肩に額を預けた。どうせギルバートから見えるわけがない表情を、隠すように。

（なんだよ……）

同じ言葉が頭に浮かぶ。駄々《だだ》っ子みたいだ、と自分のことを思いながら、オズは悔しげに、

（自分ばっか、こんな大きくなっちゃってさ……ムカつく……）

夕日を浴びているギルバートの背中からは、すこし太陽の匂いがした。


―17：30―


結局、ギルバートに背負われたまま、オズが部屋まで戻ったとき。

アリスは羽毛布団にくるまれて眠っていた。すこしは具合がよくなっているのか、それはわからない。なんとなく顔色はよさそうだったが、まだ、すべての〝力〟がアリスに還ったわけではない。

「……探しにいかなきゃ、最後のアリス」

「おまえは――」

休んでろ、とギルバートがいおうとしたとき、ひょこっとベッドの上に小さな人影が現れた。

〝ちびアリス〟だ。

どこか恥ずかしそうに、気弱げにもじもじしていて、そのアリスらしくなさが、たしかにあ

の最後の〝ちびアリス〟だと、オズとギルバートに理解させた。まさか向こうから現れると思っていなかった二人は、言葉をなくす。

最後の〝ちびアリス〟は、じっとオズを見て、ぺこり、と頭を下げた。

「さっきは、まもってくれて、ありがとう」

カエデの樹から落ちるとき。この子だけは守らないと、と思って、必死に胸に抱きこんだ。

「やさしくしてもらって、うれしかった。だから、わたし、〝わたし〟にかえるの」

「アリス――」

「みんな、〝わたし〟のなかに、もどってる。わたしがもどったら、げんきになる」

〝ちびアリス〟が、ふわりと儚《はかな》げな笑みを浮かべた。オズやギルバートは、そんな笑みをアリスが浮かべたところを見たことがない。けれど、なぜかそれも『アリスらしい』と思える、そんな笑みだった。

〝ちびアリス〟はアリスの寝顔を見て、――ただいま、と声をかける。そのまま、すうっとその体が光の粒子へと解けていった。そして、アリスの体へと浸透していく。

最後の〝力〟が体内に還り、それがスイッチだったように、アリスはゆっくりと目を開けた。そして、身を起こす。

まだ、どこかぼんやりしながらもアリスはオズを見つめ、ぽつりと、

「世話になったようだな、〝わたし〟が」

「そんなこと――」

「寝てるとき……〝黄金の雪〟を見た」

「えっ？」

アリスの言葉に、オズは息を呑んだ。

「あれは、おまえの記憶だろう」

オズは、すぐには応えられない。

自分と繫がって……契約しているのが原因で、アリスにまで風邪をひかせてしまった、という想い。その申しわけなさだけが、オズの胸にはあった。謝らなければいけないと思っていた。アリスに事実を話せば、きっと彼女も怒るだろうと思っていた。

なのに、アリスは、

「キレイなものを見れた。おまえと繫がっているおかげだな」

はにかんで、
うれしそうに、
いった。

そのアリスの言葉と表情に、オズの胸には、言葉にできない想いが、湧いた。

喜び、安堵、共感――そんなものが混ざりあって、うっかり言葉にしてしまうと、なんだか目から水が零れそうな。だから、オズは明るく笑って、

「アリス、もう元気になったの」

「当然だ、むしろ〝ぱわーあっぷ〟している……というか……！」

アリスは、いまさらオズが『ギルバートに背負われている』ということに気づいたように、目を丸くして、ベッドから飛び下りた。

「なんだそれは！　高くて楽しそうだな！」

オズを指さして興奮気味にいい、アリスは駆けよってくる。と思うと、ギルバートの前で両手を広げて、ぴょんぴょんと跳ねながら「オズ、代われ！　私の番だ！」とじれったそうに要求する、ねだる、せがむ。

対するオズは、ここまで、けっして好きこのんで背負われている様子ではなかったが。

「え～、どうしようかな～、なかなか居心地いいんだよな～」

アリスの反応に、悪戯っぽくもったいぶった悩む顔をする。

はその場でじたばたと足踏み。ずるいずるいと連呼するアリス、どうしよっかなーとはぐらかすオズ、前後を挟まれたギルバートは、やがてくたびれた声で、「ずるいぞ、オズ！」とアリス
「うるさいぞ、おまえら」

はぁ……、と吐息まじりにいった。

もちろん、そのあとオズは、快くアリスと交代してあげて、自分はベッドに入った。

ギルバートは、夜遅くまでアリスを背負い、オズの看病をするハメになった。


～Fin～

…さむい
さむいよ…
ギル…
ばか…
いるわけないじゃんよ…
ギルにうつさないようにってオレが無理矢理《むりやり》外《そと》に出《だ》させたんだから
折角《せっかく》の外出《がいしゅつ》だったのにオレのばか
ギルもエイダも泣《な》いてた
叔父《おじ》さんも…きっと父《とう》さんに怒《おこ》られた

ばか ばか
オレって なんで こうなんだろう
ばか
きっと みんな 呆《あき》れてる
ごめんなさい
ごめんなさい ごめんなさい
ごめ――――
――……
夢《ゆめ》…？

オーズー君《くん》！
無理《むり》して倒《たお》れたんだってー？
バーンッ
かっこわるいネエ〜〜！
ププーッ
ブレイクっ
A SIDE EPISODE OF GOLDEN DROPS
…………
ブレイク…
シャロン…ちゃん…

…スミマセン。
思《おも》ってた以上《いじょう》に重体《じゅうたい》だったようデス
はは…
あの後《あと》…急《きゅう》に熱《ねつ》が上《あ》がってきちゃってさ…
ほんと…ごめ…
コホッ
こんな風《ふう》に…寝《ね》てる場合《ばあい》じゃないのにね…
オレ…どうしようもない奴《やつ》で…
ケホッ
ああ でも…もしこのまま熱《ねつ》が下《さ》がらなかったらどうしよ
ゴホッゴホゲフォッ
わっかり易《やす》く弱気《よわき》になってる…
アリスやギルだけじゃなくてパンドラ中《じゅう》の人《ひと》に迷惑《めいわく》かけて
しかも元《もと》はといえばオレの自業自得《じごうじとく》だし…
あーもう…あーもう…
えー私《ワタシ》もですかあ?
当然《とうぜん》です! さあいきますわよ
しょうがないですネェ

コツン

な!?
ななな…なに
これ!?
クス…
元気《げんき》が出《で》る
おまじないですわ
オズ様《さま》
シェリー様《さま》直伝《じきでん》の
特別《とくべつ》な魔法《まほう》
なんですヨー
ブレイク
までっ
!?
おまえ達《たち》
オズに
なにしてる!!
…君《きみ》こそ
なんですか
その姿《すがた》は
このほうが両手があいて楽
うっせぇ!!
あらまぁ
あ
おんぶから
肩車《かたぐるま》に
変《か》わってる…

ボフッ
む
オズ 具合《ぐあい》はどうだ
あ… うん… 平気《へいき》────
ひや……
あ
ギルの手《て》…
おっきくて つめたくて
きもちいー…

オズ！
オズ
オズ
はい
あ〜〜〜ん！
!?
ゲホッ
ゴホッ
なにしてんだ
バカウサギ!!
大丈夫かオズ!!
なにって…
借《か》りを
返《かえ》そうと
してるだけだ！
色々と世話に
なったからな！
違《ちが》うやり方《かた》で
返《かえ》せ!!

あ〜ん♥
そんなこと言《い》ってぇ〜
本当《ほんとう》は自分《じぶん》でオズ君《くん》に"あ〜ん"ってしたいだけなんだよネー
ちがう
あら
あ〜ん♥
でしたら私《わたし》がオズ様《さま》に"あ〜ん"をして差《さ》し上《あ》げましょうか？
だから！普通《ふつう》に食《た》べさせればいいだろうと言《い》ってるんだ
私《わたし》もオズに"あ〜ん"をしてもらった！
ならば同《おな》じ方法《ほうほう》で借《か》りを返《かえ》すのが一番《いちばん》だ
うるさいバカウサギ
ぷっ
ははははっ
はははは
は…

オ…
オズ…？
どうか
したか？
ん〜〜？
べつに〜〜？
へへへ…
あったかいなあ…………
ふにゃ
ふにゃ….

The Story

of

THE NIGHTRAYS

BLACK WIDOW

心の影

1

——この、ミス・ガーランドについて、調べてくれないかな？


ある日のナイトレイ家の館《やかた》の一室。

エコーは主《あるじ》であるヴィンセントから、一枚の写真を手渡され、そう命じられた。

『ダリア＝ガーランド』。

それは、はじめて聞く名前と、姿だった。


ガーランド家の屋敷は、首都レベイユの外れにある。

貴族が住まう邸宅としては、比較的、小さな部類に入るだろう。森のなかに佇《たたず》む、緑深い木々に囲まれた小さな屋敷は、まるで世を疎《うと》む魔女の隠れ家のようだった。

敷地をとり巻く楡《にれ》の木の一本に登り、エコーは緑葉の陰から二階の一室の窓を観察している。あどけなさの残る彼女の顔は人形のように無表情で、呼吸しているかわからないほどの静けさをまとっていた。

その眼差《まなざ》しは、ただじっと一点を見据えている。

そこには、白いレースのカーテンが開かれ、丸見えの部屋のなか、窓際に置かれた揺り椅子《いす》に着いて書物を読む淑女の姿。

長い黒髪に、やや陰のある面立ちをした彼女が、ダリア＝ガーランドだ。

(ずいぶん分厚い本を読んでいますが、なにを読んでいるんでしょう)

ぴくりとも表情を動かさず、エコーは胸のうちで呟《つぶや》く。

(エコーは別に興味ありませんが……)

観察をはじめたのは、一時間前。

そのときからダリアはずっと窓際で、同じ姿勢でその書物を読みふけっている。その間、エコーは身じろぎひとつせず観察を続け、ダリアもまた飽くことなく細い指先でページをめくり続けていた。今日一日中そうしているつもりだろうか、とエコーは思う。

ヴィンセントから事前に与えられた情報によれば、ダリアの年齢は十九歳。ガーランド家のひとり娘だ。

ガーランド家は、社交界でもさほど有力な家ではないが、古い歴史を持ち、その名前は上流貴族たちにも一目置かれている、ということだった。現当主は、すでに高齢のダンセン＝ガーランド。ダリアは遅くに生まれた子供で、母はすでに亡くなっている。

屋敷の使用人の数も少ないのか、エコーが見続けている間、ダリアの部屋を訪れたものはいない。

それにしても、とエコーは表情を変えず、ぼそっと呟く。

「………きれいなひとです」

エコーは、ひとやものの美醜に易々《やすやす》と心を動かされるタイプではない。

そんなエコーでさえ感嘆するほどだった。

それは単に顔立ちが整っている、というだけではない。なにか、触れただけで壊れてしまいそうな繊細さ、儚《はかな》さとでもいおうか。

あるいは、どこか匂《にお》い立つような〝危うさ〟。

エコーはナイトレイ家の館を発つ前、主と交わした言葉を思い返す。

——なぜ、調べるのですか？

ヴィンセントからの命令にエコーが〝否〟を口にすることはないし、普段は、エコーから彼に質問することなどなかった。だが、渡された写真を眺めながら、ふと口をついていた。

写真のなかのダリアは、無感情な眼差しをまっすぐにこちらへ向けている。その瞳《ひとみ》に宿った憂愁の色が、なにか心にひっかかったのかもしれない。

問いながら、エコーはまともな答えなどないだろう、とも思っていた。

彼女の主であるヴィンセントは秘密主義で、それにエコーのことを扱いやすい〝道具〟としか見ていない。そのことを、エコー自身よく知っていた。主からの命令に、なにも口を挟まず、ただ『はい』と答える。自分は、それだけの存在だと。だが、

——毒虫だからだよ、この女がね……。

ヴィンセントからは、そんなふうに言葉が返ってきた。

——どくむし？

——そう、僕の〝だいじなもの〟を汚す、毒虫なんだ……。だから、ね。

——………。

——そんな虫は除去しないと。

くすくす、くすくすくす、と楽しげに笑うと、ヴィンセントは、それ以上、話す気がないようで、エコーとの会話に飽きたように、欠伸《あくび》をもらし、ソファに身を横たえた。

すこしの間、エコーは目を閉じた彼を無言で見つめていたが、やがて身を翻《ひるがえ》し、その場をあとにした。そして、与えられた写真の裏に書かれていた住所を頼りに、ガーランド家の屋敷を目指して、レベイユの外れへと向かった。

(でも——)

彫像のように動きをとめたまま、エコーは考える。

(これ以上、ここにいても)

エコーが彫像なら、ダリアは〝窓際で書物を読む淑女〟という題名の絵画のようにまるで変化を見せない。

エコーとしては、ここで一日中こうしていることも難しくはないが、なんら得るものもなくナイトレイ家の館に戻るのは避けたかった。ならば、いっそ屋敷に潜りこもうか、とエコーが考えたとき。ぱたり、とダリアが書物を閉じ、顔を上げた。なにか確かめるように部屋の一方に目をやる。

そして、小さく唇を動かし、すこし慌てた様子で揺り椅子から立ち上がった。

「じかん……?」

ダリアの唇の動きを読んで、エコーは呟いた。彼女は、時間を気にしているようだった。

なにか約束があるのだろうか、とエコーは首を傾《かし》げる。

ダリアは、そばのサイドテーブルに書物を置き、揺り椅子から立ち上がると、部屋の奥に見えている扉へと歩いていく。

だが、ふと足をとめると、窓際に戻ってきた。カーテンに手をかけ、ゆっくりと閉じていく。完全に閉じられる間際、ダリアは、カーテンの細い隙間《すきま》から、すっと目を向けてきた。窓の外、屋敷をとり巻く楡の木々に。エコーのいる方向に。

……気づかれていた、わけはない、とエコーは思う。ただの偶然だろうと。

だが、カーテンが閉じきる直前、ダリアは確かに。

エコーのほうを見て、薄く笑っていた。

2

——〝十年〟。

言葉にするのは簡単だが、それは途方もない長さに感じられた。

(ええっと、日にちに換算すると、…………で、時間だと——)

暗算しようとして、そこまでするのも面倒だと、オズは投げやりに思う。

『パンドラ』本部の執務室、オズはソファに腰掛け、クッションを胸に抱いて、レイム＝ルネットと話すギルバートの横顔を眺めていた。

ギルバートは癖のある黒髪や、やや吊《つ》り目ぎみの目元など、昔の面影は残っているが、顔立ちも背丈も、しっかり大人になっている。十年、……オズがアヴィスへと堕《お》ち、還《かえ》ってきたときに過ぎていた時間のぶんだけ、オズを置き去りにして。

（タバコも吸うし――）

空白の十年。

（銃撃つのうまくなってるし――）

空白の十年。

（僕が〝オレ〟になってるし――）

空白の十年。

「………？」オズの視線に気づいて、ギルバートがふり向いた。

どうした、と問うような表情を向けてくるが、オズはかまわず従者の大人びた顔を眺める。

じっと、いや、ぼーっと見続ける。

「な、なんだ、オズ。オレの顔になにか付いてるか？」

ちょっと困惑ぎみに片手で頬《ほお》にふれるギルバートに、オズは「付いてるよ」と淡々と答えた。

「えっ、昼に食べたパスタのソースでも――」

「目と鼻と口が」

「…………おい」

「なに？」

「それは付いてないとおかしいだろう」

「聞かれたから答えたんじゃん」

「そういう意味で聞いたんじゃなくてだな」

「あ、眉《まゆ》も付いてるか」

「だから……」嘆息混じりにギルバート。

「で？　ギル。話は終わったの？」

オズの問いには、二人の不毛なやりとりを見ていたレイムが「ええ」と答えた。

「終わりました、オズ様」

苦笑しながら、ギルバートの代わりに。

オズは、二人がなにを話していたかは、聞き流していてわからない。今日はこれといった用事もなかったので、冷やかしで執務室に顔を出していただけだ。「……ふぅん」とオズはレイムの言葉に気のない相槌《あいづち》を打つ。

「ギル、このあとは？　お仕事終わりだったらさー」

「あ、いや、オレは、このあとブレイクに会いに――」

「ブレイクに？」

オズは、すこし怪訝《けげん》そうにくり返した。

ギルバートは、ブレイクを苦手としている。天敵としている、とまではいわないが、とにかく特に用事がないかぎり積極的に自分から会いに行こうとはしない。

ブレイクに呼ばれているのか、とオズは思ったが、尋ねると「そういうわけじゃ、ない」とギルバートは歯切れの悪い返事。

そんなギルバートの反応に、オズは首を傾げて、

「じゃあ、オレも付いていこっかなー」

「だだだだ、ダメだ……!!」

ギルバートは猛然と首を横に振り、ものすごい勢いで拒絶してきた。

その激しさに、断られると思っていなかったオズは、大きくまばたきする。だが、すぐに嗅《か》ぎとった。——これはなにか面白いことがある匂い、だと。

ギルバートは隠しきれない動揺を、白々しく隠そうとしながら、たいした用事じゃない、付いてきてもつまらないから、と説明してきた。

「ふーん、そっか。じゃ、やめとくよ」

部屋に戻ってる、とオズがにこにこ顔で告げると、ギルバートはあからさまに、ほっとしていた。

レイムはオズの笑みの裏の意図を察すると、すこし表情を変えた。内心でギルバートに同情しているようだ。

執務室から廊下に出たところで、オズはギルバートに手を振って分かれた。そそくさと足早に廊下を歩き去っていくギルバートの背中に、手を振り続ける。にこにこと笑いながら「ギル、またあとでな」と声をかける。

ギルバートは「ああ」と、すこし申しわけなさそうに手を振り返し、去っていった。

その姿が見えなくなっても、オズは手を振り続ける。

「……ホント、またあとでなー、ギル」

にこにこと。

3

ギルバート＝ナイトレイ、二十四歳。

四大公爵家のひとつである、大貴族ナイトレイ家の子息。

とりあえず、見た目は、鋭利な印象の美青年。

社交の場に姿を見せれば、その容姿と寡黙な雰囲気に、多くの淑女が心を奪われる。

舞踏会となれば、女性から誘いの声がかかることも数限りない。

だが、その誘いにギルバートが応じることは滅多になく。

その〝つれなさ〟もまた、貴族の婦女子の間で、ギルバートの評判を上げていた。

本人の意志や願いとは、まったく関係なく……むしろ逆方向に。


「それはそれは、おめでとうございマス」

ぱちぱちぱちぱち、と拍手するブレイクに、ギルバートは苦虫を噛《か》みつぶした顔で「……めでたくないっ」といい返した。

二人は『パンドラ』本部に数多くある応接室のひとつ、なかでも密議を行うのに使われることの多い一室で、向かい合って話している。ブレイクは拍手のついでに懐からクラッカーをとりだし鳴らそうとしていたが、おや、と首を傾げて、

「これで、きりのいい三十人めでは？　二十九人めから間が空きましたがネ」

「自分じゃ数えてないからわからん」

「婚姻を前提とした交際の申し入れ――、さすが大貴族、モテモテですネェ」

「………困ってるんだ」

大貴族、四大公爵家は、大きな権力を有している。

なんとかして公爵家にとり入ろうと近づいてくる貴族や大商人は多い。そして、そのもっとも確実な手段が、家同士の結びつきを作ること――婚姻である。だから、公爵家の子息に交際の申しこみが舞いこむのは、さして珍しいことではない。

ギルバートが、ベザリウス家の使用人という立場から、ナイトレイ家の養子となって約十年。その手の話は数多くあった。だが、大半の申しこみは、家柄・その他によって厳しく篩《ふるい》にかけられナイトレイ家が断わっていた。

とはいえ、なかにはその高い壁を越えて、ギルバート自身にまで回ってくる話もある。

その数が、ブレイクによれば、これまでに二十九回。

先日、ギルバートに届いた最新のものを入れると、ちょうど三十回――。

「ここ一・二年はなかったから、安心してたっていうのに……」

ギルバートとしては、恨み言のひとつやふたつもいいたい気分だった。

「思いだしますネェ。あれは、ギルバート君が十六のときでしたか」

遠い目をするブレイクに、ギルバートは過去のトラウマを刺激され「うっ」と唸《うな》った。

ギルバートがナイトレイ家の子息として、社交界にデビューさせられたのは、十六歳のとき。

その年は、社交界に、まさに〝フィーバー〟といっていい盛り上がりが起きた。

高貴な家柄の婦女子たちは、どこか陰のある黒髪の美少年の登場に色めき立ち、その後、ギルバートには、ものすごい数の交際が申しこまれた。その年だけで、ギルバート自身が会ったのは、およそ十人以上。

その手のことに免疫などなかったギルバートは、たちまち混乱の渦に落ちた。

そのとき、頼ったのが――頼ってしまったのが、ブレイクだった。

ギルバートをナイトレイ家に送りこみ、互いに利用し合おうと持ちかけてきた性悪の策士。

「目をつぶれば浮かんできますヨ。私に救いを求めてきたギル君の顔が……☆」

「思いださんでいい！」

「いまにも泣きだしそうな目で、恥ずかしげに頬を赤らめて……、『僕は、婚姻を前提とした交際なんて考えられない。でも、どうすれば相手に恥をかかせず、断れるかわからなくて』……うんうん、マジメないい子でしたネェ、ギルバート君は」

「や〜め〜ろ〜〜〜〜〜〜〜〜〜〜〜〜〜〜〜〜〜〜〜〜!!」

ギルバートはブレイクの首を絞め落としかねない勢いで吠《ほ》えたが、ブレイクは涼しい顔。

「ひとのマジメな相談を、おまえは遊び道具にしてくれやがって」

「そぉぉんなことありませんよォ」ブレイクは心外だというように「現に、私のいうとおりにして、うまくいったでしょう？　アレもコレも、私なりにギルバート君のことを思って授けた作戦ばかりデス」

どこがだ、と低く吐き捨てるギルバート。

こちらから断るのではなく、相手に自然と諦《あきら》めさせるには、どうすればいいか。ただでさえ、まだオズが消えたことを受け入れられなかった時期だ。ひとりで、よい対処法など考えつくわけもなかった。

ギルバートはブレイクに知恵を求め、そして、いくつもの策を与えられた。そのすべてを当時のギルバートは律儀にこなした。あのころの自分をバカだとも思うが、だからといって他《ほか》に手がなかったのも事実だ。

思いだしたくもないが、忘れられもしない。

「……おまえは、ひとに怪しい性癖の持ち主のフリをさせたり……、わざとバレるように二股《ふたまた》かけさせたり……、それに…………」

思いだしたくなくても、一番ひどい記憶が脳内で再生されてしまう。

相手の顔や名前は、もう覚えていなかったが、耳と心に痛かった女性の怒声だけは、よく覚えていた。


――なんですの、これは！　ギルバート様！

――えっ、あなたへの手紙……ですけど……。

――違います！　私宛《あて》に書かれたものじゃないではありませんか！　ほら！

――す、すみません。えっと。

――それだけでも許せないのに……こんな……こんな不潔な内容！

——………え、そんなに変な内容なんですか……？

——白々しい！　読み上げてさしあげますわ！　『ああ、エイダ様、あなたの愛らしいお姿が、この僕の心を狂わせる』。

——えええぇッ⁉

——さらに、『ああ、花開く前の蕾のような貴女を、永遠に慈しみ愛《め》でていたい』……さ、最低ですわ！

——そっ、そそそそ、それは僕が書いたんじゃなくて——、

——この変態～～～～～～～～～～～～～～～～～～～～～～～～!!

ギルバートが、ブレイクの指示どおり間違えたフリをして、女性に渡したエイダ宛の恋文。

しかも、ブレイクが書いた倒錯的な内容は、事前にギルバートに教えられていなかった。

そんなことが何度もあって、やがて。

いくつもの策を実行するなかで、さすがにギルバートはブレイクに質問した。

——あの、ブレイク……。

——順調に、ご婦人方は去っていってるようで、よかったネェ。

——そ、それはそう……なんだけど、なんだか。

——？？？　なんですか？

——同時に、大事なものをなくしている気がするんだけど……。

――大事なもの？
――そ、そう。なんというか……。
――気のせいですヨォ。むしろ、大人の階段を上ってるといっていいデス☆
――そ、そうなのかな。
――そうです、そうです。さぁ次の作戦ですが――。

本当にひどいめに遭った。

よく貴族社会で自分の悪評が広がらなかったものだ、とギルバートは思う。

「……あれ……？　なのに、なんでオレはまた頼ってるんだ……？」

どんより暗い顔で壁を見つめて、ギルバートはぶつぶつともらす。

だから、気づかなかった。

そんなギルバートを眺めながら、ふとブレイクが表情を剣呑なものにして、小声で「まぁ陰で動いていたのは、私だけじゃなかったみたいだけどネ……きみの弟クンとか」と付け加えたことには。

一転、ブレイクは、さも頼もしげな微笑を浮かべて、

「まぁまぁ。おかげで誰《だれ》ともつきあうことがなかったんだから、よかったじゃないか」

「そ、それはそう……だが……」

こころよく同意はできず、ギルバートは顔をしかめて目頭を指で押さえる。

確かに、女性の扱いに慣れているとはいえないギルバートが、ブレイクのおかげで、当時は

押し切られることなく独り身を守ってこられた。求婚ブームは過ぎたのか、相変わらず社交の場では注目を集めるが、交際の申しこみ自体ここ数年なくなっていた。

（ああ、そんなところに急にきた〝話〟だったから、思わずブレイクに相談しようと——）

内心で悔やむ。ものすごく、判断ミスをした気分だった。

とはいえ、オズの追求をかわしたことだけは自分を誉《ほ》めてやりたい。

こんな相談ができるのは、よくも悪くもブレイクだけで、相談したということが誰かに知られること自体、ぜったいに避けたかった。

特に、あの〝従者いじり〟が趣味と公言して憚《はばか》らない主人には。

ギルバートは胸のうちで誓った。

（オズには……オズにだけは、バレたくない……!! 死んでも！）

「で、今度のお相手は誰なんダイ？」

「……ダリア＝ガーランド。大きな家ではないらしいが、由緒ある家柄だと——」

「だそうだよ、オズ君。知ってるカナ？」

「うーん、ちょっと聞いたことないなぁ」

いつの間にか、ぴょこっとブレイクの隣に立ったオズが、考えこむように腕を組み、首を捻《ひね》っていた。

「そうか……まぁオレも知らなかったから……」とギルバートは頷《うなず》く。

「貴族っていっても多いからさぁ」とオズ。

「ああ、パーティで挨拶《あいさつ》されたかもしれないが、いちいち覚えては……ん？」

「ん？　どうした、ギル」とオズ。

「って、オズ――――――――――――⁉」

ギルバートは、死ぬほど驚いた。

そんなギルバートに、オズはいかにもお気楽に片手を上げ「よっ」と挨拶。ギルバートは口をぱくぱく動かすばかりで、なにも言葉を発せない。オズは、わざとらしく、ちょっと拗《す》ねたように唇を尖《とが》らせて「水くさいじゃんか」といった。

ギルバートは、なんとか平静を保とうとしていたが失敗。あからさまにうろたえながら、

「おおおおまえ、オズ！　いつからいたんだ⁉」

「最初から。ブレイクの後ろで、背中合わせになって聞いてた」

――廊下で分かれたあと大急ぎで先回りした、とオズは語り、『大成功☆』と指を立ててVサイン。ギルバートは、自分を驚かすためならオズはそれくらいして当然、ということをいまさら思いだした。自分の迂闊《うかつ》っぷりに、ずーん、と海の底より深く落ちこむ。

オズはしてやったりの笑みを浮かべると、ブレイクに顔を向けて、

「ギルって、昔からモテたんだ？」

「そりゃもう。なにせ、家柄もルックスも超優良物件だからネ。――加えて、冷たそうな外見ながら、どこか憂《うれ》いを帯びた瞳が乙女心をくすぐるんだと思いますヨ～。それで、いい寄られるたびに、ギルバート君は私に泣きついてきてネ」

「いいなぁ、楽しそう！」きらきらした笑みで、極悪な台詞《せりふ》を吐くオズだった。

ギルバートは、消え入りたい気持ちに押し潰《つぶ》されそうになっていた。

「で、ギル。そのダリアって、どんなひと？　美人？」

わくわく顔で聞いてくるオズに、……しらん、とギルバートはそっぽを向いて答える。

「写真くらいあるんじゃないの？」とオズ。

「な、ない」首を振るギルバート。

「あ～、これダヨ。ほら」

どこからとりだしたのか、ブレイクは指先の間に一枚の写真を挟み、オズに差しだした。

受けとったオズが「うわぁ、すごい美人！」と感嘆の声を上げる。ギルバートは、ハッと写真をしまっていた上着の胸ポケットを押さえて、「ブレイク、いつの間に！」と叫ぶ。ブレイクはニヤニヤと得意げな笑みを浮かべるばかり。

返せ、とギルバートはオズに手を伸ばすが、オズはひらりと踊るように回避しながら、フムフムと写真を眺める。

おそろいの黒髪かぁ、と呟き、続けて、ごく軽い調子で、

「なぁギル、つきあうの？」

「………………あわない。バカなことというな」

「へー、もったいない」

どこまで本気かわからないオズの言葉に、放っといてくれ、とギルバートは小さく呟く。

『従者の心、主知らず』とは、まさにこのことだ、と思った。とにかく、この場はなんとかごまかして去ろう、とギルバートが考えたとき。オズは、ドン！　と胸を叩《たた》いていった。めちゃくちゃイイ笑顔で、

「ま、そーゆうことなら、わかったよ、ギル。オレに任せて！」

オズは、びしっと親指を立て、言葉をなくしたギルバートにかまわず続ける。

「従者が困ってるなら、なんとかしてやるのが主人の役目だろ！　なっ？」

「おお、主の鏡ですネェ、オズ君は。私も協力しますヨ」

ぱちぱちぱちと拍手しながらブレイクも同調し、二人は早速、顔を寄せ合わせて、なにやら打ち合わせをしはじめた。ギルバートは愕然《がくぜん》と立ち尽くすしかない。考えられる最悪のケースだった。

ブレイクと話すオズの顔は心底、楽しそうで、それがまたギルバートに嫌な予感しか抱かせない。

——このままでは大変なことになる。

だから。

反射的にギルバートは、怒鳴るようにいっていた。

「こ、こ、今回の件はオレひとりでなんとかする！　オレだって、もう昔のオレじゃない！」

——と。


オズとブレイクは、その言葉に、そろって温かな笑みを浮かべる。

それは、もちろん、

『これは面白《おもしろ》くなってきた！』という表情だった。

4

ブティック『夜の蝶《ちょう》』。

時間を気にした様子のダリアが、屋敷を出て向かったのは、レベイユの大通りから一本裏に入った細い通りにある洋服屋だった。

店名が示すとおり、ショーウィンドウには夜会用のイヴニング・ドレスが多く飾られており、どれもが華美にして扇情的なデザイン。胸元や背中が広く開いたものがほとんどで、いかにも男性の目を惹《ひ》きつけそうな、そのためだけに仕立てられたような、そんな衣装ばかりだった。

ブティックの向かいの骨董《こっとう》品店の屋根に忍び、店内に入っていくダリアを見守ったエコーは、それらのドレスを一瞥《いちべつ》し、ぼそっと、

「……ケバいです」

感想を口にした。声に感情こそこもっていないが、心の底からの本音である。

(……というか――)

エコーは、すこし怪訝に思った。

店先にならぶドレスと、物静かな風情のダリアがどうにもミスマッチに感じられたのだ。

それとも、と呟く。

(ああいう女性ほど、夜には〝弾《はじ》ける〟ものなんでしょうか……)

わからない。というか、そもそも大胆なドレスを着て、男性の目を集めて、それのなにが楽しいのかエコーには、さっぱり理解不能だった。でも、と思う。――そんなふうに自分が思う

のは自分が〝道具〟でしかないからで、普通は、女性は男性の気をひくことに喜びを見いだすものなのだろうか、と。

（フム……）

エコーは腕組みして、ちょっと想像してみた。大人っぽくてお色気ムンムンなドレスを身にまとい夜会に出た自分の姿。次から次へと声をかけてくる紳士たち。それらを素気なくかわし、あしらい、品定めをする。

相手をしてやるのは、厳しい選別をくぐり抜けたひとりの幸運な紳士だけだ。

そう、たとえば。

——やぁ、エコちゃん。今夜のキミは、いつにも増して魅力的だね。

「っっ‼」

想像上の夜会のなか、不意打ちで自分の前に立ったオズの姿に、エコーは、咽《む》せて体勢を崩してしまう。

ぐらりと屋根から転げ落ちそうになったが、危ういところで、なんとか堪《こら》えた。ガタガタと音を立ててしまったが、骨董品店の店内まで聞こえただろうか、とすこし不安に思う。だが、すこし待っても誰も外に出てくる様子はなく、エコーは、ほっと胸をなで下ろす。

同時に、苛立《いらだ》ちが生まれた。

（な、な、なんで、オズ様が出てくるんですか。エコーは、別に……っ）

そんなことを思うエコーの頬は、赤く火照《ほて》っていた。

ぷるぷると顔を振って、しつこく脳内に居座るやたらいい笑顔のオズを頭から追いだし、ブティックへと注意を向け直す。

まだダリアが入ってから、たいして時間は経っていない。エコーは自分の格好には無頓着《むとんちゃく》なほうだが、女性の服選びには時間がかかるもの、ということくらいは知っている。エコーは待たされるのは苦ではない。骨董品店の屋根の上、気配を消し、ただじっと待ち続ける。

そのまま一時間ほどが経過した。まだダリアが出てくる様子はない。

(まだ服を選んでいる？　優柔不断な……)

若干、呆《あき》れぎみに思い、一応、確かめておくかと通りに下りた。タイミングよく新たな女性客がブティックに入ろうとしていたため、エコーはただの通行人を装って扉のそばを通過し、開いた扉から素早く内部を見やった。

見える範囲に店員以外の姿はなかった。一瞬、いない？　とエコーはドキリとする。

だが、次の瞬間、店の奥からダリアが出てきて、エコーは慌てて店先から離れた。近くの物陰に、身を潜ませる。

ダリアは、よい買いものができて喜んでいるのか、すこし頬が上気していた。エコーには気づかず、そばをとおり過ぎ、歩き去っていく。……そのとき。ダリアがすぐそばをとおり過ぎたとき、エコーは彼女の体から妙な匂いを嗅ぎとった。

ほんのかすか、だけれど。

(これは、でも)

エコーには嗅ぎなれた匂いだが、この状況とすぐには結びつかない。

(血の、匂い——？)

屋敷に戻ったダリアは、それ以降、特に変わった様子もなく過ごしていた。

ダリアが就寝するのを確認し、エコーはナイトレイ家に戻る。

エコーが応接室に入ると、ヴィンセントはソファに横たわり、ぼうっと天井を見上げていた。

なにも考えていないように見えるし、よからぬことを企《たくら》んでいるようにも見える。

ヴィンセントに仕える身のエコーだが、主の内面までは理解できていない。——理解するのが怖い、という隠れた心情も、どこかにあった。

「戻りました、ヴィンセント様」

後ろ手に閉じた扉を背にして声をかけると、ヴィンセントはエコーに顔を向ける。

「おかえり、エコー。おいで……」

手招きされ、エコーはソファに歩みよる。そこでエコーは気づいた。ソファの前のテーブルに愛らしくラッピングされた小箱が置かれている。ヴィンセントはエコーの視線を察したように「彼女からだよ」と冷めた声でいった。

「手焼きのクッキーやビスケットだそうだ……」

〝彼女〟といわれて、エコーの脳裏には、近ごろヴィンセントが会っているベザリウス家の女性の顔が浮かんだ。エイダ＝ベザリウス。

オズの妹である、ということをエコーは知っている。そして、ヴィンセントがエイダと会っているのが、けっして好意によるものでないことも。

「それ、適当に捨てておいてくれるかな……、エコー」

さもどうでもよさそうにヴィンセントはいった。ヤモリの干物の粉末でも入っているかもしれない、とヴィンセントは忌々しげに付け加えたが、エコーにはなんのことか、よくわからなかった。ただ、こくり、とエコーは頷く。

「で、どうだったかい。あっちのほうは……」

「はい──」

ダリアの行動、それは今日一日の行動だけをとれば、なんら変哲はない。

だが、ところどころで感じた違和感──それをどう報告するか。

エコーは頭のなかでまとめながら、話しだした。

朝から、ずっと本を読んでいたこと、一度外出し、ブティックに行って、帰ってからも、とくに代わり映えのない様子で一日を過ごしていたこと。

話し終わると、ヴィンセントは退屈そうに「……簡単に、社会的に潰せるような〝キズ〟はない、か……」と呟いた。

そして、エコーを見やり、

「他には？　なんでもいいよ……」

ヴィンセントに問われ、エコーは、どう説明すればいいかわからないまま、報告した。

ブティックを出てきたダリアから嗅ぎとれた、〝血の匂い〟のことを。

それを聞いたヴィンセントは、退屈そうな表情は変えず、ただ唇にかすかな愉悦を湛《たた》えて、

「へぇ……、面白いね……」

とだけ、いった。

「やぁ、ギル。明日、会うんだって……？」

ギルバートがナイトレイ家の館を訪れ、衣装部屋に入ると、待ちかまえたようにソファに寝そべっていたヴィンセントからそういわれた。

誰と、とはヴィンセントはいわなかったが、ダリア＝ガーランドとの話だというのは、明らかだった。ダリアからの交際申しこみはナイトレイ家を通じてのもので、ヴィンセントが知っていてもおかしくない。

「……ああ」

長々と話す気にはなれず、ギルバートは短く答える。館に戻ってきたのは、ダリアと会うための服をとりに、だった。ひとり暮らしの自分の部屋には、貴族の女性と会うための礼服など置いていない。

「浮かない顔をしてるね……、ギル。楽しみじゃないんだ？」

「別に。ただ会って断るだけだ、〝楽しい〟とか〝楽しくない〟とか、そんな話じゃない」

「へえ、断るんだ……」

「当然だろう」

「それはあの小さな主人のため、なのかな……？」

「――――」

この弟とは、話せば話すほど泥沼になる。そうわかっているギルバートは、沈黙を返事として礼服を選びにかかる。

ダリアからは、よければ街で会いたい、と伝えられていた。貴族の家同士の話なら普通はどちらかの家でまず挨拶を、というのが通例だが、堅苦しくないのはギルバートとしてもありがたく、異論はなかった。

加えて、あまり肩肘《かたひじ》の張った感じではなく、気楽に会ってほしい、とも伝えられている。ならば、普段着でもいいのか、とギルバートはちらっと思ったが、自分の普段着のラフさに、さすがにそれはどうかと考え直していた。

（気楽に、というのは助かるが。……会う、のか――）

最初は、手紙かなにかで断りのメッセージを伝えて、それで終わりにしようかとも考えた。

女性とつきあうことなど考えられないし、ナイトレイ家の体裁など、ギルバートは知ったことではない。ならば、手紙を使うのが一番手間がかからず、精神的にも楽だ。

だが、きちんと会って断ろう、とギルバートが決めたのは、本人の生真面目《きまじめ》な人柄もあるが、それよりも主人《オズ》の――、

『女性に対しては、常に優しく誠意を持って接すること！』

という教えが胸にあるからだ。

そんなことを思い返しながら、適当に礼服を手にとっていると、

「服選びなら、手伝ってあげるよ？」

冗談めかしていうヴィンセントに、ギルバートは「いらない」とぶっきらぼうに答える。

適当に服を選びながら、ダリアのことを考える。パーティで声をかけられたことがあっただろうか？　記憶にはない。だが、あったとすれば、それを忘れているということが、すでに失礼だった。加えて、ギルバートは最初から〝断る〟と決めている。

(憂鬱《ゆううつ》だ……)

女心など、ギルバートはわからない。

だが、自分から交際を申し入れて、それを断られて、傷つかない女性などいないだろう。

それくらいは、わかる。そして、明日、自分はそれをするのだ。

罪悪感まじりの暗い気持ちになりながらも、ギルバートは、いや、と自分を奮い立たせる。

(やってやる。それくらい、もうオレひとりだってできる……！)

『パンドラ』で、オズやブレイクと別れてから、すでに頭のなかでは何通りもシミュレーションしていた。大見得を切った以上、なんとしてもやらなければいけない。あの二人に関《かか》わらせては、むしろ酷《ひど》いことになるのだから、ひとりで挑むほうが楽なくらいだ、と自分にいい聞かせる。黒のスーツを手に、俯《うつむ》いて落ちこんだり、ブツブツ呟いたり、かと思うと顔を上げて奮い立ったり――と忙しいギルバートをヴィンセントは、愛でるように眺めている。

「じゃあ、ヴィンス」

気持ちを落ち着け、衣装部屋から出ていこうとするギルバートに、ヴィンセントは欠伸をもらしながら、ひらりと片手を上げた。

「ああ、そうだ、ギル……」

ギルバートの背中に投げられるヴィンセントの声。ギルバートはふり向かず、

「なんだ？」

「食べられちゃわないようにね……」

「？？？」

「――女は、みんな毒グモだよ」

「みんな、はいい過ぎだ」

たしなめるようにヴィンセントにいい返して、ギルバートは衣装部屋を出た。冷たい無表情で廊下を歩きながら、頭のなかは疑問で渦巻いている。

どういうつもりで、弟はあんなことをいったのか。すべての女性が〝毒グモ〟……毒を持っている、などと。

そういう女性がいるのも事実だろうが、そうじゃない女性だっている、とギルバートは思う。そう、自分は知っている。優しさと朗《ほが》らかさと、品のよさ、そんなものばかりを持っている女性を。

〝毒気〟などとは無縁の女性を。

（エイダ様――）

心の声で名前を呼ぶと、胸が温かくなった。それは〝毒〟どころか〝癒《いや》し〟だった。

さておき、考えごとをしながら歩いていたせいで。

ギルバートは勝手知ったるナイトレイ家の館で、迷ってしまった。

「――ギルが大事にしてる〝エイダ様〟だって、そうさ」

衣装部屋に残ったヴィンセントは、眠気に呑《の》まれ、まどろみながら、ひとり呟く。

「ギルに近づくゴミ虫は、ぜんぶ僕が排除するから心配いらないけど……」

これまで、ずっとそうしてきたように。

暗い愉悦の笑みをヴィンセントは浮かべ、――けれど、と思う。エコーの報告を聞くかぎり、今回のゴミ虫は、これまでとちょっと毛色が違うようだ。ならば、すこしの間、ことのなりゆきを見物しても面白いかもしれない。

そんなことを考えながら、ヴィンセントは眠りに落ちた。

そして、やがて。

主人を探して衣装部屋に現れたエコーは、その微笑《ほほえ》んでいるように安らかな寝顔を眺めて、

「…………悪そうな寝顔です」

ぼそっと、小さな小さな声で、呟いた。

5

――すみません、私、堅苦しいのが苦手なんです。

翌日、正午、待ち合わせに指定された公園で対面するなり、ダリアはギルバートにいった。

実際に会ってみると、ダリアは写真の印象以上に、物静かな空気をまとった女性だった。

物陰に咲く、簡単に手折れそうな、ほっそりとした一輪の花のような立ち姿。

控えめにそっと佇み、誰にも知られず繊細な花びらを開かせているような、そんな印象をギルバートは受けた。

そう、思い返し、比べるならば、これまで交際を申しこんできた女性たちは、その多くが積極的にギルバートに接近してきた。あるいは、そうでなくとも、じじーっと粘着質な目線でギルバートの容姿を観賞してきた。どちらもギルバートとしては、苦痛なことこの上なかった。

だが、ダリアは、そのどちらとも違った。

謝罪を口にしたあと、それ以上とくに話すこともなく、顔を俯け、ギルバートから視線を外して静かに黙る。

それはそれで、ギルバートは困惑した。

「…………………………………………………………」沈黙のダリア。

表面上は冷静さを保って、ギルバートは口を閉ざしている。

(どっ、どう接すればいいか、まるでわからん！)

くらくらと目眩《めまい》すら覚えた。

平日、昼間、まばらに利用者のいる公園の片隅で、黙って向かい合っている貴族の男女。

沈黙、
沈黙、
沈黙。

爽《さわ》やかな風が公園を吹き抜け、木々をなで、葉擦れの音を立てる。けれど、二人は――、

沈黙、

沈黙、

……沈黙。

(どうしたらいいんだ、これは⁉ もう断りを切りだしていいのか⁉)

ギルバートは自問する。その姿は、長いつきあいのものなど、よく知るものが見れば――。

顔色が悪く、口もとはひきつり、内心の動揺がダダもれの状態だった。

こうなったら、さっさと切りだして終わらせよう、そう考えてギルバートは口を開く。

「ああ、その――」

「ギルバート様」

「……っ⁉ な、なんでしょうか」淡々とした口調で機先を制され、ぎくっと心臓が跳ねた。

「すこし歩きませんか?」

顔を上向け、かすかに微笑んでダリアはいった。ギルバートは困惑しながら、頷くことしかできない。

確かに、いつまでもこうして黙って向かい合っているのも、変だった。二人は、広い公園を縫うように伸びる遊歩道をならんで歩きだす。

だが、歩きだすと、またダリアは沈黙し、ギルバートも気が焦《あせ》るばかりで言葉が出てこない。間に子供ひとりくらいは入れそうな、微妙な距離を開けて歩き続ける。なんだろう、これは、とギルバートは思う。

（まずい……）

必死に考える。考えるが、

（ど、どのタイミングで切りだせばいいか、さっぱりわからん！）

ギルバートの内面は、荒波に揉《も》まれる小舟だった。

黙然と、てくてく歩き続けるだけの二人。

「すみません、ギルバート様。迷惑――でしたでしょう」

「えっ？」

やや唐突なダリアの言葉に、なんとか声を裏返すことなく応《こた》える。

「お父様が……勝手に決めたことで。私も戸惑っていて」

ダリアの言葉が耳に届き、ゆっくり時間をかけてギルバートの胸に沁《し》みこんでいく。

急に無反応になったギルバートに、ダリアはちょっと首を傾げていた。

やがて、ギルバートは吐息とともに、「――ああ」と相槌を打つ。本音をいえば、いまの言葉に、へたりこみそうなくらい安堵《あんど》した。

貴族社会では珍しくもない話だ。特に女性であれば、当人の意思など関係なく婚姻を仕組まれることは。

過去の例と違い、ダリアは彼女が望んでギルバートに交際を申し入れたのではなかった。

もうその事実だけで、ギルバートは救われた気分になった。

「そうでしたか……」

呟くようにいうと、ダリアはギルバートを見やって、

「やはり、最初から答えは決まっていたんですね」

「えっ？」

「ずいぶん、安堵なさったようですから」

「――――うっ」バレていた。

「どうすれば、私を傷つけずに断れるか、考えていらっしゃったんでしょう？」

そんなに顔に出ていたのか⁉　とギルバートは信じがたく思う。

最悪だった。うじうじ、悶々《もんもん》と悩んだ挙げ句、自分からいうのではなく相手に悟らせ、口にさせてしまった。

男女のつきあいに関して、聡《さと》いとはいえないギルバートだが、それがいかに〝男らしくない〟か、それがいかに〝情けない〟かくらいはわかっていた。ずずーん、と地面に手をついて落ちこみたくなる。

だが、落ちこむ前に、やらなければいけないことがあった。ギルバートは、足をとめる。

遅れてダリアも足をとめ「ギルバート様？」と見てきた。

「……すみません」

心の底からの謝罪を口にする。その言葉にダリアは首を振って、

「謝らないでください、ギルバート様」

「いえ、あなたに大変失礼なことをしました」

律儀に深々と頭を下げるギルバート。

女性に対する、その低姿勢な紳士的ふるまいに、ダリアは驚いて小さく目を見開いた。

次いで、すこし不思議そうに、

「なんだか、大貴族の殿方らしくないですね、ギルバート様は」

「はい、自覚してます。オレ、いや、私はもともとそんなものじゃ――」

「……気を遣わないでください」

「？？？」

「〝オレ〟でかまいませんから」

くすっと笑って、ダリアはいった。その笑みは、親しげで、どこかあどけないもので。

「――、じゃあ」

まだ戸惑いながらも、ギルバートは苦笑ぎみに応じる。ダリアへの申しわけなさが胸に強くあった。

昨夜、ベッドのなかで、さんざん断るシミュレーションをしていた。ダリアを、速やかに排除しなければならない、まるで〝異物〟扱いをして。

そんな自分をギルバートは恥じた。同時に、弟の言葉を思いだす、――女はみんな毒グモ。

やはり、そうじゃない女性もいる、と胸が温かくなる。

実際に対面してから、まだわずかしか経っていないが、ギルバートはあっさり確信していた。

「ただ……もうすこしだけ、つきあっていただいてもいいですか？」

すまなそうにダリアがいった。

「あまり物わかりよく家に戻ってしまうと、お父様から叱《しか》られてしまうので……」

「……ああ、なるほど」

ギルバートは合点がいく。貴族社会において親が主導した、交際・婚姻、そこにあるのは政略的な意図だ。ギルバートにその気がないからと、はいそうですかと帰るわけにもいかないのだろう。それに応じることくらい簡単だった。「オレなんかでよろしければ」、そうギルバートがいうと、ダリアは微笑んで頷いた。

「ありがとうございます。……やっぱり、そのほうがギルバート様らしいですね」

ギルバートが首を傾げると、

「〝オレ〟です」

とダリアは、楽しげにいった。


――すこし歩きますが、この先にキレイな噴水があるんです。そばにはベンチも。

遊歩道の先を指さしてダリアがいい、二人はまた歩きだした。

ダリアはこの公園に来るのがはじめてだったようだが、あらかじめ調べていたらしい。

できれば、そこで座って話でもしながら時間を潰させてもらいたい、とギルバートに頼んできた。その控えめな口調に、やけに気を遣わせてしまっている、とギルバートは申しわけなくなった。だが、と思う。

(……一応、なんとか、ひとりでケジメを付けられた)

相手の察しのよさに助けられた格好だが、とにかく誰の手も借りていない。

その事実が、すこしだけ誇らしかった。

ギルバートとならんで歩くダリアは、遊歩道の脇《わき》にならぶ木々をふり仰ぎ、いった。

「私、あまり家を出ないんです。だから、こういうのは新鮮に感じます」

「ああ、確かにおとなしそうだ——あ、いや、すみません」

「いえ、そうなんです。だから、お父様にも行き遅れるんじゃないかと心配されて……あ、すみません」

お互いに余計なことをいってしまったと、謝り合い、二人は苦笑した。

歩きながら、ギルバートがひとり暮らしをしていることを話すとダリアは目を丸くする。やはり四大公爵家のものが、下町でひとり暮らしというのは驚くことらしい。ダリアは感心したようにギルバートを見て、

「偉いのですね、ギルバート様は。誰の手も借りずに……」

「いや、あの家には居づらいだけで」

そういってしまったあと、また余計なことをいった、と思った。こんな本音、よほど身近なものにしかいったことはない。できれば、だしたくない話題だった。もし理由を話したところで場の空気を重くしてしまうだけだ。

ダリアは口を閉ざして、ギルバートを見ている。なにか勘ぐられているだろうか、とギルバートは案じた。

だが、ダリアは「そうですか……」といったあと、ふわりと微笑んで、

「ひとり、ということは、ひょっとしてお食事の支度もご自分で？」

「えっ？　……あ、ああ。まぁ」

「すごいですね、私は厨房《ちゅうぼう》に入ったこともありません」

聞いて欲しくなさそうな空気を、敏感に察してくれたのだろう。話題を逸《そ》らしてくれたダリアに、ギルバートはひそかに感動していた。いいひとだ、と。

すっかり肩の力も抜けて、ギルバートはダリアと談笑する。親しいものを相手にするとき以外は、ギルバートは口数が少ないほうだったが、珍しくあれこれ話した。『パンドラ』の活動には触れられないこともあり、話す内容は、たわいない日々の暮らしのこと。

そのなかで〝オズ〟の名前も出た。

「オズ、様？」

とダリアが、その名前をくり返す。失敗した、とギルバートは思う。

オズ……、四大公爵家のオズ＝ベザリウスは、表向き、十年前に死んだとされている。アヴィスから戻ってきたオズの存在は、『パンドラ』に関わる一部の貴族にしか知らされていない。

ゆえに、同じ名前の別人、としてごまかすしかなかった。

「ええ――――、友人……、です」

歯切れ悪く、そう説明する。

主人であるオズを友人呼ばわりなど、本来、冗談でもしたくはなかった。誰に対しても、どんなときも、誇りと自信を持って「オズは、オレの主人《マスター》です」といいたい。胸を張りたい。

ギルバートの胸をどんよりと自責の念、罪悪感が占める。

眉を寄せて苦しげにそういったギルバートに、ダリアはすこし不思議そうな顔をしたが、

「そうですか。どういったお方なんですか？」

なにげなく向けられた問いに、ギルバートは沈黙。第三者に、どう話せばいいものか。

〝自慢の主人《マスター》です〟と、その言葉が喉《のど》まで出かかった。

必死に呑みこみ、なにか他に当たり障りのない表現はないかと考える。

考えて、考えて、

「…………………………いろんな意味で、心臓に悪い、やつです」

「まぁ」

そして、ギルバートは、自分が日々いかにオズにふり回されているかを話す。とくに面白おかしく話した気はなかったが、細かなエピソードのひとつひとつに、ダリアはくすくすと楽しそうに笑った。

オズに手玉にとられている自分のことを、笑われている気もしたが、不思議と悪い気はしない。

ある程度、話し終えたところでダリアはいった。

「オズ様のこと——大切に思っていらっしゃるのですね」

そんな感想をいわれると思っていなかったギルバートは、えっ、と驚いた。

「ふふ、わかります。オズ様のことを話すギルバート様を見ていれば」

そんなに自分はわかりやすいのだろうか、と軽いショックを受けながらも、納得するしかない。

……そうですか、とだけギルバートは答える。

これ以上オズと自分の話をしているのが気恥ずかしくなって、ギルバートは話題を変える。

今度は、ギルバートからダリアに日々の暮らしのことを聞いた。だが、ダリアは一日中、本を読んでいるだけでなにも代わり映えはない、と話す。そんな静かな暮らしは、確かにダリアに似合っていると、ギルバートは感じる。

それからも二人はさまざまなことを話した。ダリアの好きな本のことや、ギルバートのひとり暮らしのエピソードなど。

二人を包む、柔らかで、温かな空気。

たまの息抜きにはこういうのも悪くない、とギルバートは思う。

もちろん――、

こんな優しい世界は、本来、自分がいるべきでないのもわかっているが。


(なんだか……落ちつくな、このひとといると)

そんなふうに胸のうちで呟いていた。

やがて、遊歩道を歩いていたギルバートは、前方に二人の女性を見かけた。

女性たちはギルバートに背中を向けて、しゃがんでいる。

雰囲気から、なにか困っているようだと感じた。二人の女性は、多くの庶民が利用するこの公園では、やや浮いて見える華やかなドレス姿だ。ダリアも二人を見やって「転ばれたのでしようか？」と心配そうにいった。

ダリアに頷き、ギルバートはすこし歩調を速めて、二人の後ろ姿に近づく。

「手を貸しましょうか……？」

と紳士然と声をかけた。——瞬間、なぜかドキリと心臓が高鳴った。なんだ？　と思う。

「ああ、助かりますわ」女性の片方がいった。

「ええ、靴のヒールが折れてしまって」もう片方の女性がいった。

二人はふり返りながら、

「くす、本当に……助かりますわ☆」

「ぎゃ————————————————っっ⁉」

ギルバートは叫んでいた。

世にも恐ろしい怪物とでも出くわしたような悲鳴に、ダリアが驚いて身を竦《すく》ませる。

どうしたんですか？　とダリアが声をかけてくるがギルバートは答えられない。

ダリアの目からすれば、ギルバートの前に立っているのは、見目麗しい美女と美少女。二人がならんで街を歩けば、きっと多くの男性がふり返り、注視し、賛辞を口にせずにいられないだろう、と思うほどの。

なのに、魂が消えるような悲鳴を上げたギルバートに、ダリアは「？？？」と首を傾げるばかり。

二人のうちの片方、溌剌《はつらつ》とした美少女が、ちょっと拗ねたように、

「失礼ね。傷つくわ、ひと目見て悲鳴を上げるなんて」

それを受けて、もう片方、艶《つや》めいた容貌《ようぼう》の美女が「本当ですわネ～」といった。

そして、二人は顔を見合わせ、ばっちり呼吸を合わせて、

「ね～☆」

ギルバートは、背後からダリアが何度も自分を呼んでいるのに気づいていたが、反応できない。

女性二人は、きらきらした目でギルバートを見つめている。

「ギルバート様？　どうされました？」とダリア。

「…………………………………」

「ギルバート様？」

「…………………………………」

「その方たち、お知り合いかなにかですか？」

「違います‼」

ものすごい勢いでギルバートはふり向き、ダリアに怒鳴った。

その激しさに「きゃ」とダリアは悲鳴を上げ、反射的にギルバートは「あ、すみませんっ」と謝る。

そんなギルバートに女性二人は不満げに、ぷー、と頬を膨らませた。

美少女が、ギルバートの背中にすがり、黒のスーツの裾《すそ》を掴《つか》んでグイグイ引きながら、

「ひどいギル様ったら！　知り合いじゃないなんて！」

「――あら、間違ってないわよ、ネェ？」

美女が意味ありげにいって、ギルバートの横に回りこんだ。横合いからギルバートの顎《あご》に手を伸ばし、すらりとした指先で顎の下をくすぐる。ギルバートはぴくりとも動けない。美女は、ちらりとダリアに流し目を送った。

それは女性のダリアでさえ、ぞくっと、寒気が走るほど艶《つや》っぽい目線だった。

「私たちとギル様は、知り合い以上の〝特別なカンケイ〟なんですカラ」

ギルバートは、なにかいおうとパクパク口を動かす。だが、言葉にならない。

おまえら、と、そう唇は動いている。

だが、美女&美少女は、きょとんと首を傾げるのみ。

というか。

この見目麗しい二人は、思いっきり、

オズ（美少女）

と、

ブレイク（美女）

——だった。

ナチュラルメイクをしたドレス姿のオズは、ギルバートの耳元にそっと口元を寄せる。

そして、囁《ささや》く。

「任せとけって、ギル。これで諦めてくれるからさ」

硬直して動かないギルバートに、オズは一瞬、怪訝そうな顔をする。だが、次いで悪戯《いたずら》っぽく小さく笑い、ギルバートの耳にフッと息を吹きかけた。

ぞわわわ！　と全身に震えが走ってギルバートは、硬直から脱する。脱した次の瞬間、完全に混乱しきった表情でオズとブレイクをふり解いて、がっ！　とやや乱暴にダリアの手首を掴み小走りで遊歩道を進んでいった。

「ギ、ギルバート様⁉」

強引に手を引かれ、ダリアが呼ぶ。ちらちらとダリアは後ろをふり返りながら、

「い、いいんですか？　あの女性方は――」

（……男っ！　男なんです、あいつらは～～～～～～～～～～～～～～～っ‼）

絶対いえない、とギルバートは涙目で思った。

そして、二人の姿が見えなくなったあと。

オズは、どっと疲れたように「はぁ……」と肩を落とし、ブレイクは凝《こ》りを解《ほぐ》すように自分で自分の肩を揉む。全力でやりきった感が、オズとブレイクを包んでいる。

交際阻止計画。

ギルバートは〝自分で断る〟といったが、オズとブレイクは、ただそれを見守って済ます気

はなかった。

女性に慣れていないギルバートのこと、きっと順調にはいかないだろう。放ってはおけない、協力してやらなければ。

本来、女装などしたくはなかったが、それでも、二人はやりたくもないドレス姿でギルバートの前に現れる、という作戦を実行したのだ。発案したオズは、いった。――すべてはギルいじりのため……いやいや、ギルを助けるため。そのためなら、自分が傷ついてもかまわない、と。

そして、二人は、やるからには完璧《かんぺき》を目指した。抵抗感や羞恥心《しゅうちしん》は、力尽くで押し殺した。

「そういやさ、ブレイク」

ぽつりとオズがいうと、はい？　とブレイクが見返してくる。

「ギル、泣いてた？」

オズがいうと、ブレイクはひらひらした長いドレスのスカートを摘《つま》んで、

「きっと、私たちの好意に感動したんだヨ。まさかここまでしてくれるなんて、とネ？」

「あ～なるほど、そゆことかぁ」

自分の格好を見下ろし、オズは納得顔をして、頷く。

「逃げなくてもいいのに、ギルってば照れ屋さんだなぁ。あっはっは」

「ネェ、ハッハッハ」とブレイクも軽やかに笑う。

ひとしきり笑い合ったあと、二人は、さっと真顔になって鋭く視線を合わせ、
そして、

『次、行こうか』

にやりん、と笑った。


やがて、ギルバートとダリアは噴水のある広場に出た。

はぁはぁはぁ、とギルバートは呼吸を乱す。それは長い距離を駆けてきたから、ということもあるが、主に精神的な動揺によるものだった。ギルバートの隣で、ダリアは胸に手を当てて呼吸を整えている。

普段、運動していなさそうな彼女には、辛《つら》かったかもしれない。

ギルバートは「すみません」と謝る。頬を上気させたダリアは、かすかに首を振る。

「ベンチで座って、休みましょう」

ギルバートが提案すると、ダリアは、まだ呼吸を切らしながら、

「あの……すみません……聞いて、いいですか」

「はい？」

「先ほどの……女性の方々なんですけれど……」

ギルバートは、聞こえないフリをしようかと思った。ダリアは言葉を続ける。

「小柄な方、ひょっとして……オズ様、でしたか？」

(バレてる⁉)

と、引きつるギルバート。

あそこでオズの名前を呼んではいないはずだが、それにしてもダリアは察しがいい。

ダリアは、怪訝そうに考えこむ顔をして、ぽつりと呟いた。

「……でも、どうして女性の格好を……」

ギルバートに説明できるはずがなかった。

6

「…………なんなんですか、アレは」

ヴィンセントに命じられ、ギルバートとダリアを尾行していたエコーは、女装したオズとブレイクが乱入した一幕を見届け、そう呟いた。

見ているだけで頭痛がしてくる酷《ひど》い狂騒劇だった。だが、今朝、ヴィンセントからは、

──たぶん、今日はおかしな連中も現れるはずだよ……。

あらかじめ、そういわれていた。さらに、

──しっかり見届けて、報告してくれるかな。面白いことになると思うから。

どこが面白いのか、さっぱりわからない、とエコーは思う。

エコーの視線の先、ギルバートはダリアの手を引いて駆けていき、その場に残ったオズとブレイクが、顔を寄せ合って、ひそひそ会話している。なにを話しているのか、まったくこれっぽっちも、エコーには興味がない。

（ギルバート様を追わなくては）

こく、と小さく頷いて、エコーは地を蹴《け》って木の陰から離れようとした。そこへ……、

「おーい、エコちゃん！　こっちこっち！」

「⁉⁉」

いきなりオズに呼ばれ、エコーは不覚にも転びそうになる。気づかれることはない、はずだった。

さらに楽しげなブレイクの声が、

「キミにも手伝ってほしいんダヨ。出ておいで」

その声は、触れただけで死に至る猛毒のように、エコーの耳に響いた。

7

その日の夜。

ダリアと別れ、ギルバートが夕食用の買いもの袋を抱えて、自宅に戻ると、

「物騒だなぁ、鍵《かぎ》かけ忘れてたぞ、ギル」

ベッドに寝転がっていたオズが、身を起こし、出迎えの言葉を投げていた。

ギルバートは目を丸くして驚く。そして、反射的に、

「物騒なのは、おまえだ！」と叱っていた。

オズのことは、ブレイクと一緒に『パンドラ』に戻っているものだと思っていた。

だが、いま、この部屋にオズがひとりでいる。

それは、オズがひとりで街を歩き、この部屋に来た、ということだ。とくに何事もなかったようだが、場合によっては、どんなトラブルに巻きこまれていたかわからない。

ギルバートの怒声に、オズは、なぜ怒られるのかわからない、という顔をした。

だが、すぐに自慢げな笑みになり、

「へへー、今日はどうだった、ギル？」

「…………」

ギルバートは疲れの滲んだ沈黙を返事として、ぐったりと肩を落とした。そのまま、やや仏頂面で台所に歩み、買いもの袋を置いた。

いいたいことは山ほどあったが、それを上回る呆れと疲労感が背中にのしかかっていた。口を開いても嘆息しか零《こぼ》れそうにない。

オズとブレイク、二人の企みは〝女装してギルバートの前に現れる〟だけでは、なかった。

そのあとにあったことは、女装ネタなど吹き飛ぶ威力だった。

噴水広場に着いたギルバートとダリア。そして、そこに――、

いや、思いだしたくもない。ギルバートは頭を振って、記憶のなかの光景を追い払う。

（…………最悪だ、やっぱり最悪のコンビだ）

どんより鬱々《うつうつ》とギルバートは確信した。

怒る気力すらなく、台所でオズの分も紅茶を入れ、カップを手渡してやる。

ありがと、と無邪気にいって、オズはカップを吹いて紅茶を冷ましながら、口を付ける。

オズは台所に置かれた買いもの袋を見やって、

「晩ごはん、なに作るの？」

「パスタ……のつもりだったが、オズはなにが食べたい？」

「いいよパスタで。ギルの料理はなんでも美味《おい》しいし」

「……わかった、ちょっと待っててくれ」

頷いて、ギルバートは買いもの袋から食材をとりだす。

「ダリアってひと、あきらめてくれた？」

「…………」

さりげなく吐かれたオズの言葉に、ギルバートは短く沈黙する。そして、

「向こうに、最初からその気はなかったんだ」

「へぇ」オズは小さく目を見開いた。

「だから、おまえらがおかしな格好して現れる前に、結論は出てた」

そうなんだ、とオズはつまらなさそうに呟く。他にもいろいろ考えてたのに、と。

オズは天井を見上げて、

「なんだ、もう終わりか～」

「明日も会う。別れ際に、そういう約束をした」

ぼそっとギルバートがいうと、オズは天井から視線を下ろした。まっすぐギルバートを見る。

ギルバートはオズからやや視線を逸らし、

「明日は、邪魔しないでくれ」

オズは、ぱちくりとまばたきして、次いで「そっか、そっかぁ」と笑う。続けて、ごく軽い口調で、

「ギル、結婚すんの？」

——なぜそこまで飛躍する！　とギルバートは驚き、げほっと咽《む》せて、すぐにからかわれているのだと気づく。

やっぱりだ、この悪戯好きの主人は、今回の話を〝いいからかいのネタだ〞と面白がっているだけだと思う。

ギルバートは、ややムッとして、

「……かもな。するなら、ああいうひとがいいんだろう」

するとオズは。

8

ギルバートから顔を逸らし、小さな声で、——ふぅん、とだけ、呟いた。

「…………という感じでした」

深夜、ヴィンセントの寝室を訪れたエコーは、手短に今日一日のことを報告した。

なるほどね、とベッドの中でヴィンセントは、欠伸まじりに相槌。

エコーが話したのは、朝から見張っていたガーランド家におけるダリアの様子、そしてダリアとギルバートの逢瀬《おうせ》の様子、女装して乱入してきたオズとブレイク、そして別れてから屋敷に戻り就寝するまでのダリアの様子、それだけだ。

オズとブレイクの女装に関しては、ヴィンセントはたいして興味を抱かなかった。

「そうか、また会うんだね、ギルは……」

「——はい、明日」

「それはいいとして……、エコー」

「はい」

「他にも、なにかあったんじゃないかな。話すべきこと……」

「……いえ、なにも」

「帽子屋さんに気づかれた……尾行を。でしょ」

見ていたかのようにいうヴィンセントに、エコーは絶句する。

「報告して、エコー……」

ヴィンセントの声は、眠そうで、なにげないものだった。

だが、その言葉はエコーに対して絶対的な強制力を持っている。ごまかすことなど、できるはずがなかった。エコーは床に視線を落とし、思いだしたくもない——それは尾行がバレたからというだけでない——出来事を脳裏でふり返る。

忌々しい、過去から消してしまいたい、公園での出来事を。

――エコちゃんの協力が必要なんだ。

と、木の陰から現れたエコーに、オズはいった。そんなもの、当然、エコーは間髪入れずに、お断りします、と拒否していた。オズは残念そうな顔をして、内容を聞いてからでもいいじゃないといってきたが、聞くまでもなかった。

どうせ、ろくでもないことだと、わかっていたから。

だから、お断りします、とくり返した。

――キミには、ギルバート君の子供になってもらうヨ。

さらりとブレイクは断定口調でいう。エコーは『このひとは頭がおかしいのか』と思った。

だが、ブレイクは世の常識を話すかのような、ごく平然とした口調で、

――隠し子ってやつだネ。ギルバート君が、商売女との間に作ってしまった子供、それがキミだよ。そして、たまたま公園でギルバート君が、また新しい女性に手をだそうとしているのを見て、黙っていられなくなった。うんうん、気持ちはわかるネェ。

意味不明だった。そして、エコーは確信した。

『このひとは頭がおかしい〝のか〟』ではない、『このひとは頭がおかしい〝のだ〟』だと。

――貴族ってさ、そういう醜聞を嫌うもんなんだ。

ブレイクの言葉のあとに、オズが補足した。

――だから、エコちゃんが『お父さん』ってギルの前に現れたら、さすがにあの女のひとも

ギルのこと諦めるはずだよ。最初は、オレがやろうって思ってたんだけど、ブレイクが今日エコちゃんも来るっていって。それならって。

——なにが〝それなら〟か、エコーには、まるでわかりません。

——ギルって押しに弱いから、ひとりじゃ絶対うまく断れないんだ。だから。

これはギルバートを思ってのことだ、とオズはドレス姿で力説。

だが、エコーは冷めた目でオズを見やり、

——明らかに、面白がってる顔です。

——はっはっは、そんなことないってば〜。

明らかに面白がっている顔で、オズは否定した。そうそう、とブレイクも同意する。

——お願い、エコちゃん。うちの従者のために！

——お断りします。絶対イヤです。ありえないです。うざいです。

——そこをなんとか！

身を乗りだすようにして、ぐいっとオズはナチュラルメイクした顔を、エコーに近づける。

エコーは顔を背《そむ》けて、

——その顔を近づけないでください。化粧くさいです。お断りします。

頑としてはねのけると、いつのまにか背後に回っていたブレイクに、ぽんと両肩を押さえられた。たいして力を入れられてるようには感じなかったが、それだけでエコーは動けなくなる。離せ、といった。ブレイクは聞こえないフリ。

——そこをお願いしますヨ〜、キミが適任なんですカラ♪

そんな最悪な提案、知ったことではなかった。エコーは無理やりふり払おうとした。

そのとき。

〝女性にふり回され、ギルバート君が傷ついてもいいのカイ?〟

ブレイクは、エコーの耳元で、ごくかすかな小声で囁いた。さらに続けて、

〝これはギルバート君のため、キミの主人が望むことでもあるんダヨ?〟

エコーは、びくんと身を震わせる。ひどい脅迫台詞だった。

ヴィンセントを持ちだされるとエコーは断れない。逃げ場はなかった。

――……………………………………………………了解しました。

心の底から渋々とエコーは応じた。

ブレイクが囁いただけで陥落したエコーに、オズが不思議そうな顔をしていたが、エコーはなにもいわない。

ただ、エコーは、こんなデタラメを思いついたオズを射殺《いころ》すような目で睨《にら》む。

だが、オズはその鋭い視線に込められた意図を知ってか知らずか、

――あ、そうだ。子供向けのかわいい服用意してるんだ、エコちゃん着る?

着ません、とエコーは断言した。


だが、結局。

エコーは、リボンだけは頭に着けて、茂みのなかで懇々《こんこん》と段取りを説明された。そして、噴水広場のベンチに座るギルバートの前に立った。

じっと、ギルバートを見据え、全力でいった。

——お、お父さん……っ。

死ぬかと思うほどの屈辱と羞恥。ギルバートとダリアが座るベンチの後方、茂みから顔を覗《のぞ》かせたオズとブレイクが『ぐっじょぶ！』と親指を立てていた。二人は、エコーが殺意を抱きたくなるほどのいい笑顔。

ギルバートは、驚くより放心したように呆然としていて、ダリアが「お父さん？」とエコーとギルバートを見比べてくり返すと、ものすごい勢いで立ち上がり、周囲を見回した。

すでにオズとブレイクは茂みのなかに引っこんでいる。だが、茂みのなかから視線は感じた。『ＧｏＧｏエコちゃん！』、そんなオズの声が聞こえる気がした。

もうエコーは心を殺し、こんな屈辱的な茶番はさっさと済ませようと決めた。そして、むしろ堂々と、びしっとダリアを指さして、
完全無欠の棒読みで、

——おとーさん、ダレ、このオンナのひと。また新しいオンナに手をだしたんだ。

ダリアは、ぱちくりとまばたきするばかり。

エコーは、次いでギルバートを完全無欠の無表情で見やり、一言。

——もうワタシみたいな、かわいそうな子を作るのはやめて。

ギルバートは記憶喪失に陥ったような顔で、ぺたんとベンチに腰を落とした。ダリアが気遣うような顔でギルバートを見て、なにか言葉をかけていたが、エコーはよく聞きとれなかった。

ブレイクからは、ここで渾身《こんしん》の泣きの芝居を、といわれていたが、そんな器用なマネが、エコーにできるわけもなく。

もう限界だった。エコーが教えられた段取りは、まだまだ続きがあったが、すべてすっ飛ばして最後、トドメに、

——おとーさんのバカ。

泣き叫ぶように、といわれていたが、ただの棒読みで平坦にいって、エコーは去った。

報告できるわけがない、こんなこと、と思っていた。


「……ということが……ありました」

ぜんぶ報告させられた。

最初から、エコーがヴィンセントをごまかせるわけがなかった。

くくく、と聞き終えたヴィンセントは笑った。心の底から楽しげな笑い声をもらす。

しばらく笑い続け、そして、

「そうか、そんな面白いことがあったんだね。楽しかったかい……?」

「…………いえ」

「まさか僕を利用して、エコーで遊ぶなんて、ね。許せないなぁ」

気のない口ぶりだが、そこには明らかな敵意が滲《にじ》んでいる。思わずエコーが身震いを覚えるほどの、負の感情が。

「まったく、許せないなぁ、僕の〝もの〟で勝手に遊ばれちゃ……。ねぇ、エコー? キミも

そう思うよね……？」

答えようがない質問を、エコーに投げるヴィンセント。エコーは逃げるように視線を床に下ろし、じっと黙る。しつこく追求してくるか、とエコーは思ったが、ヴィンセントはすぐにエコーに興味をなくしたように、天井を見上げ「そうか……」と呟いた。

そして、意味深げに微笑し、

「明日も会う、か。——僕も遊びに行ってみようかな……」

その瞳は、なにかを予見しているようでもあった。

9

部屋の窓からは、大きな満月が見えた。

数時間前にオズを『パンドラ』に送って、いま、自分の部屋に、ギルバートはひとりだ。

ベッドの上で身を起こし、煙草を燻《くゆ》らせていたギルバートは煙を吐いて、

(……とんでもない一日だったな)

胸のうちで、しみじみと呟く。

女装コンビの襲来、いきなりの『お父さん』攻撃。

オズとブレイクの悪ふざけには慣れている自分ですら、どっと気疲れしたのだ。ダリアはどんな思いで、今日一日、自分といたのだろうか。けれど、とギルバートは考える。……隠し子騒動、そしてエコーが去っていったあとのダリアを思い返す。

すこしの間、ダリアは言葉をなくしていたが、やがて、微笑んでいったのだ。

——ギルバート様の周りには、楽しい方々がいるんですね。

聞きようによっては、ひどい嫌味にもとれる言葉だったが、ダリアのそれは裏のない素直なものだと信じられた。

そして、日も暮れた別れ際、ダリアはギルバートにいったのだ。

——今日一日……、楽しかったです、ギルバート様。

——いえ、いろいろすみませんでした。

——そんな、本当に楽しかったですから、私。家を出て、誰かと過ごす、というのはいいものなんですね。

——そういってもらえると。

その先は言葉にしなかったが、ギルバートは救われる思いだった。

今日一日を思い返せば、不満や不平をいわれても当然だと思っていたから。

家まで送っていく、と申し出たが、ダリアは断った。ただ……、となにかいいたそうな顔でギルバートを見やって、

——もしよかったら、また会ってもらえないでしょうか。

——え？

——友人として、でいいですから。

予想していなかった言葉だった。だが、今日一日、彼女には負担ばかりをかけ、またオズやブレイクのせいで、おかしなことにばかり巻きこんでしまった、と思う。感謝と謝罪を十分果

たせたか、というと、まだ全然という気がした。

ちゃんとお礼をしなければ、と。

なにより。

またダリアと会う、と考えたとき、悪い気がしていない自分がいた。そんな自分に驚きながらギルバートは、いいですよ、と答えた。

——よかった。断られても当然だと思っていましたから。

そういってダリアは胸に手を当てていた。

明日も、今日と同じ場所、同じ時間で、待ち合わせようという話になった
明日はオズやブレイクの邪魔は入らないようにしないといけない。

「そういや、オズ……」

とギルバートは窓の外を見やった。そして、『パンドラ』本部まで送っていったときの、別れ際のオズを思いだす。

「いつもと様子が違った——ような」

10

寝室の窓からは、大きな満月が見えていた。

深夜三時。

ベッドのなかでダリアは、ぱちりと目を開き、淀《よど》みない動きで身を起こす。カーテンを開け

て、窓から外を眺めた。窓の外には、月光がふり注ぐ楡の木々。すこしの間、なにかの姿を確認するように、じっと見ていたかと思うと、ダリアは布団をまくり床に足を下ろした。

寝巻きの上にカーディガンを羽織り、廊下へと出る扉に向かう。

ノブに手をかけたとき、コンコンと扉がノックされた。

同時に廊下から嗄《しわが》れた声が、

「――〝ブラックウィドウ〟」

その声に、ダリアはびくっと背筋を震わせる。……はい、と掠《かす》れた声で返事をした。

「なにをしている、会合はとっくにはじまっているぞ」

「すみません、それが……」

ダリアは、一度、窓のほうをふり返った。

「いいわけは聞かぬ。相応の罰が待っていると思うがいい」

「……はい」

「急げ、〝偉大なる母〟がお待ちかねだ」

その言葉を受けて、ダリアは扉を開ける。

だが、廊下には闇《やみ》がわだかまるのみで、誰の姿もない。まるで、最初から、ずっとそうだったように気配の残滓《ざんし》すらなかった。暗闇に目を慣らすように、ダリアはすこしの間、闇を見つめ、やがて「――ふぅ」と吐息をもらした。

「ギルバート様」

ぽつりと呟く。

「あなたは、きっと……」

なにかをいいかけ、ダリアは言葉を途切れさせて、廊下を進んでいった。

11

翌日。

「昨日と同じ場所、時間とは……芸がないですネェ、ギルバート君は」

公園の茂みの陰でブレイクがいった。

時刻は、正午のすこし前。ギルバートは昨日、ダリアと待ち合わせた同じ場所で、ひとりで佇んでいる。ブレイクの傍《かたわ》らには芝生に腰をおろしたオズの姿。二人は、今日もギルバートのあとをつけて、公園に来ていた。

「だねー」とブレイクに気のない返事をするオズは、まるで〝見たくない〟とでもいうかのようにギルバートがいる方向に背を向けている。

「――――?」

ブレイクは、そんなオズを見やって、

「どうしましタ? オズ君」

「えっ、いや、別に」

はぐらかすように答えるオズに、ブレイクは、フム……となにか思案する顔。オズは、ぼーっと空を見上げる。雲ひとつない、みごとに澄み渡った晴天だった。なのに、それを見るオズの表情は、どこか、浮かない様子。

「オズ君。ダリア嬢は、遅れてるようだネ。ギルバート君、そわそわしてるヨ」

「ふぅん」

「なんだか今日は、ノリ気じゃないようだネ？」

「――っ、そういうわけじゃ」

ブレイクの言葉に、オズは姿勢を変えて、ギルバートの方向を見やる。

茂みの合間の向こう、離れた場所に、ひと待ち顔のギルバートの姿。

ギルバートは、やや落ちつかない様子で、時間を気にして懐中時計に視線を落としたり、ダリアの姿を探して、遠くを眺めたりしている。

ぼーっとギルバートを視界に収めながら、オズは呟いた。

「ギルってさ」

「？？？」ぽつりと吐かれたオズの言葉に、ブレイクが首を傾げる。

「どんな女性がタイプなんだろ」

なにげないオズの言葉に、ブレイクは「フム」と相槌を打つ。

「まァ、〝強い女性〟は苦手だろうネェ。ほら、ギルバート君、押しに弱いから」

「うん、だね」

「あとは、お喋《しゃべ》りな女性とか、派手派手しく着飾った女性とか。だから、その逆が好みカナ」

「――ダリアってひと、まさにそんな感じだったじゃん」

オズは思い返す。

昨日、実際に近くで接したダリア。線が細く、儚げで、奥ゆかしさを感じさせる女性だった。ギルバートとならんでいる姿を見て、ちょっと『お似合いだな』と思ったくらいだ。

——明日も会う。別れ際に、そういう約束をした。

昨夜、ギルバートがいった言葉には、嫌そうなニュアンスは、まるでこもっていなかった。すでに交際に関する話は終わっている、ともギルバートはいった。最初から、相手のダリアにも、その気はなかった、と。

ありがちな話だ、ダリアの親が勝手に進めたのだろう。なのに、また会う。

それはどういう意図なのか。

(割りきった遊びの関係とか……って、ないない)

たとえ、天地がひっくり返ったとしても。

ギルバートはそんなことができる人間ではないと、オズはよく知っている。もし、できたとしたら、ある意味、感心さえすると思う。

そうでないのだとしたら、どういうことなのだろう?

むろん、主人と従者という関係とはいえ、ギルバートが私生活でなにをするのも自由だ。

(オレがどうこういうことじゃない、けど——)

オズが、そんなことを考えたとき、となりのブレイクが「……ぷっ」と小さく吹きだした。

その声に、オズは、じとっとした横目でブレイクを見る。

「なに……?」

「いーえー、なんでもないですヨ」

白々しい笑みを浮かべるブレイク。

「なんかむかつくんですけどー」

「くくくくく……」

「うわー、このおっさん感じ悪いでーす」

オズは含み笑いをもらすブレイクに悪態をつくが、いまいち歯切れが悪いのは自覚していた。

ギルバートへの交際の申しこみ。

それは、まさにオズが知らない空白の十年において、ギルバートが体験していたことだ。

交際阻止作戦として、それに関わるのは、趣味の〝従者いじり〟というだけではない、空白の十年のなかのギルバートに触れるような、そんな楽しさやうれしさがオズにあった。

けれど、でも。

――ギル、結婚すんの？

軽いからかいのつもりで、いった言葉。

――……かもな。するなら、ああいうひとがいいんだろう。

仏頂面のギルバートの返事。売り言葉に買い言葉、あれはそんなやりとりだったろうとオズは思う。だから、「ひゅーひゅー」とでも囃《はや》してやればよかったはずなのだ。なのに、あのとき一瞬、言葉をなくした。

それからずっと、胸にもやもやとしたものがわだかまっている。

オズの視線が足下の芝生に落ちる。

そこへ、
コン、と。

物思いにふけるオズの額を、ブレイクがゆるく握った拳《こぶし》で軽く叩いた。

反射的に、オズはあからさまにムッとした顔で、ブレイクを見やる。痛みなどなかったが、額をさすりながら、

「だーかーら、オレをからかわなくていいんだっつーのブレイク」

そんなオズに、ブレイクは、まだからかうようでありながら、どこか慮《おもんぱか》るような声で、

「キミは頭が切れる子だケド」

「――――」

「自分のこととなると不器用になるのは、変わらないネェ」

わかったふうなブレイクの言葉に、オズはなにかいい返そうと考える。だが、それより早く、

「さて、ギルバート君の様子はどうだい？」

ブレイクの言葉に促されたように、オズは視線を向ける。

すると、ちょうどギルバートがダリアを待つのをやめて、歩きだしたところだった。公園から出ていくようだ。

「ガーランド家に行くつもりですネ、ギルバート君は」

ブレイクの言葉に、オズは頷いた。

おそらく一向に現れないダリアの様子を、自宅まで伺《うかが》いに行くのだろう。

ギルバートの横顔を眺めながら、オズは呟く。

「……ギル、すごいテンパった顔してる」


（……ダリアに、なにかあったのか？）

公園の出入り口の門に向かいながら、ギルバートは考えていた。なにかあった、と考えるのは簡単だ。ダリアの父、ガーランド家の当主が動いた今回の交際の申し入れ、それをギルバートは断り、ダリアも受け入れてくれた。

今回の話は、もともとダリアにもその気はなく、それに助けられる形でケリが着いた。

昨日は、念のために二人で時間を潰してから別れた、けれど。

それでガーランド家の当主が、すんなり納得したという保証はない。

戻ったダリアは、なんらかの責を負わされたのかもしれない。

四大公爵家との縁を結ぶことがダリアに課せられた役割、だが彼女はそれを叶《かな》えられず、なのに公爵家のものと〝友人〟としてまた会おうとした。それを知ったガーランド家の当主・ダンセンは、娘を行かせまいと外出を禁じた、とか——。

だとすれば、自分はなにをするべきか。

（非はオレにあって、彼女にはない！　それを伝えなくては）

彼女と、婚姻はもちろん、交際もできない。それはダリアが、どれほど〝いいひと〟だろうと変わらない結論だった。

その結論がありながら、ガーランド家の屋敷に赴くことに、どれほどの意味があるかはわからない。

それでも。今度こそ、臆さず自分から、はっきりと表明し、伝えなければ。

（オレは――）

昨日は、ダリアに助けられるばかりで、ろくに男らしいところを見せられていない。だから、今度こそ、という強い思い。似つかわしくない熱いオーラを背負って、ざくざくとギルバートは歩を進める。

（……オレは……、行く！）

その後方、オズとブレイクも尾行を開始しているが、まるで気づかないギルバートだった。

12

レベイユの外れ、楡の木の森を縫うように続く小道を、ギルバートは足早に進んだ。

……風はなく、森は静まり返っている。

やがて、ギルバートの視界は開け、森を抜けると、ガーランド家の屋敷が見えてきた。貴族が暮らす本邸にしては、さほど大きくはない建物だ。

だが、古びていながらも堅牢《けんろう》さと品のよさを感じさせる外観は、ガーランド家の長い歴史、誉れ高い伝統を明々と体現しているようでもあった。

楡の木々がその代わりを果たしているのか、屋敷には塀も門もない。遠目に眺めるが、すべての部屋のカーテンが閉められていて、外からはどこがダリアの部屋かはわからない。ギルバートは無言で正面扉へと歩んでいく。

扉の前に立ち、ひとつ深呼吸して、扉の脇にあった呼び鈴の紐《ひも》を引く。

すぐに反応はなく、ギルバートはしばらく待たされた。

なかに呼びかけてみるべきだろうか、とギルバートが思ったとき、ギィー、と低い軋《きし》みを上げながら扉が開かれた。

「――どちらさまでしょうか？」

嗄れた声が、ずいぶん低い位置から、誰何《すいか》してきた。着古した黒のスーツに身を包んだ老齢といっていい男性だった。

ただでさえ小柄なうえに背中をひどく丸めているので、頭の位置が低いのだ。上目遣いにギルバートを見る眼差しは、訝《いぶか》るというより、なにか品物を見定めているような、そんなねっとりと絡みつくものだった。

ギルバートは若干の嫌悪感を抱きながらも、毅然《きぜん》と、

「私は、ナイトレイ家のギルバート＝ナイトレイ。ダリア＝ガーランド嬢は、ご在宅か？」

「……フム。お嬢様にどういったご用件で？」

ギルバートは四大公爵家のひとつを名乗ったというのに、ガーランド家の執事はまるで畏《かしこ》まることもなく、むしろ慇懃無礼《いんぎんぶれい》に問い返してくる。

ギルバートはとり繕うことはせず、いった。

「今日、会う約束をしていたのだが、約束の時刻になっても現れなかったので」

様子を伺《うかが》いにきた、と。

するとえ執事は、どこか芝居がかった仕草で、低い位置になる頭をさらに深く下げて一礼し、

「それは申しわけありません。なるほど、そうでしたか」

「もしや、体調でも悪くされたのか？」

ギルバートの問いに、執事は、ヒヒッと小さく笑い、

「ダリアお嬢様は昨夜遅くから具合が悪くなりまして。臥《ふ》せっておられるのです。もとより、あまりお体の丈夫ではない方、こういったことは珍しくないのですが……連絡できませんでしたことは、お詫《わ》びいたします」

直感的に、ギルバートは嘘《うそ》ではないか、と思った。だが、相手の言葉を翻させるほどのなにかを持っているわけではない。

——一目、見舞いを、とギルバートは申し入れたが、執事は丁寧な口調ながらも、頑としてそれを断った。

「…………では……」

早くも手詰まりになりながら、ギルバートは言葉を続ける。

「ご当主にお目にかかれないだろうか？」

「ダンセン様は、ひととお会いになりません。ひと嫌いな方ですので。どうしても、というのであれば、事前に、申し入れをしていただかなくては。……いきなり押しかけてきて、お嬢様に会えないとなると当主を出せ、という不作法には応じられませんな」

「む、それは——」

ギルバートは、返す言葉に窮した。むろん、相手の言い分のほうが、筋が通っている。

一旦ひき返すべきか、それともごり押しをするべきか。

ギルバートは悩む。

そのとき、ガタッ、という物音が頭上、上の階から聞こえ、続けて、

――――――。


かすかな、音。いや、声が、聞こえた。

風の音かと聞き間違えてしまいそうなほどの、細く、弱々しい声。

ギルバートは、はっとする。

助けを求めるような、すがるような響きで、名前を呼ばれた、……と感じた。

(ダリアの声だ)

だが、執事は、聞こえていないのか、さっと表情を鋭くしたギルバートを見て、首を傾げている。

(あとで、面倒なことになるかもしれないな)

頭の片隅で、ギルバートは思った。

(けど、まぁ、どのみちオレは――)

いまさら貴族社会で、そしてナイトレイ家のなかで、これ以上〝問題人物〟扱いされてもなにも困りはしない。

ふ、とギルバートの口もとに薄く、不敵な笑みが浮かぶ。

「悪いな、通してもらうぞ」

短くいって、執事を押しのけるようにして、屋敷のなかに踏みこんだ。扉の先はさほど広くはない玄関ホールで、正面に二階へと続く大階段がある。——困ります、と腕を掴もうと手を伸ばしてくる執事をふり払い、大階段へと向かう。ふつう貴族の家で、こんなふるまいに出れば、守衛が飛んできてもおかしくなかった。

だが、屋敷は、ほかに誰もいないかのように静まりかえっている。執事をふり切ると、もうギルバートをさえぎるものはいない。

ダリア、と呼びながら大階段を上がった。

大階段を上がりきり、二階に着くと、すぐにわかった。

ひとつの部屋の扉越しに、すすり泣くような声がもれている。

ギルバートを呼ぶ、ダリアの声。

足早に扉に歩みよる。鍵がかかっている可能性がちらりと頭をよぎったが、ノブを捻ると簡単に開いた。扉の向こうには、薄い寝巻き《ネグリジエ》姿のダリアが立っていた。ギルバートを見て、目を見開き、言葉をなくしている。

その目は赤く充血していた。

なんと声をかければいいかわからず、ギルバートもすこしの間、黙った。

「来て、くれたのですね」ダリアはいった。

複雑な思いがあるのか、その声は、けっしてただ喜んでいるものではない。

ギルバートは扉を一瞥《いちべつ》し、

「お父上に？」

短く聞いた。ダリアは気まずそうに俯き、ギルバートは続けて、

「ご当主と話をさせてください、悪いのはあなたじゃない」

「入ってもらえますか?」

ダリアは一歩引いて、ギルバートを自室のなかに招いた。ギルバートを父親と会わせる前に、なにか話があるのかもしれない。

ダリアの部屋は、壁のほとんどを大きな本棚が占めていた。本好きという彼女らしい部屋だ。だが、すべての書物にカバーが掛かっていて、題名などは見えない。推理小説が好きだ、という話だったが。

本棚を眺めながら、ギルバートは、かすかに嗅ぎとった。

(この部屋、いい匂いがするな……)

香水か、香でも焚《た》いているのか、部屋のなかには甘い芳香が漂っていた。

「お茶、入れますね」

ダリアは部屋の中央にある小さなテーブルの上で、ポットを傾けて紅茶を入れはじめる。

「あ、ああ、ありがとう」

「ミルクでいいですか?」

「かまわない」

「よければ、ブランデー、すこし垂らしましょうか」

「いや、別に――」

気のせいか、先ほどまで泣いていたはずのダリアの声は、浮かれているように聞こえた。

変だな、とギルバートは思う。

だが、そんな疑問も甘い芳香にかき消されるように、頭のなかで薄れていく。カップを手にダリアが歩みよってきて、どうぞ、と差しだしてくる。

ギルバートは素直に受けとった——受けとろうとしたが、なぜか指先が覚束《おぼつか》ず、危うく落としそうになった。すまない、と謝罪する。いえ、とダリアがはにかむ。

「さ、どうぞ」

紅茶を勧めてくるダリアに、かすかな違和感を覚えた。だが、それがなにかわからない。

カップに軽く口を付ける。

ダリアは、じっとギルバートを見ていた。

（…………？　なにか、変な——）

気がつくと脚に力が入らなくなっていた。よろめき、絨毯《じゅうたん》を敷いた床に膝《ひざ》をつく。まるで夢のなかにいるように、感覚がぼやけていた。カップを床に落とす。そのまま体が倒れたが痛みも感じなかった。頭のなかで激しく警鐘《けいしょう》が鳴っている。

だが、体の自由が利かず、意識までもが霞《かすみ》の向こうへと薄れていく。

「〝偉大なる母〟のために——」

ダリアのその呟きを最後に、ギルバートの意識はとぎれた。

それから、すこしあと。

ガーランド家の屋敷の裏手から、一台の馬車がレベイユの街中に向かって発った。

御者は小柄な老執事。

黒塗りの客車のなか、向かい合わせの座席の片方にはダリアが座って。

もう片方には、白いシーツに包まれた、誰かが横たわっている。

13

「さて……どうしますかネ？」

ガーランド家の屋敷をとり巻く楡の木の林のなか、一本の幹の陰でブレイクがいった。隣の幹の陰から、小道を走り去る馬車を見送ったオズはブレイクを見返す。これはどういうこと？とその目は問いかけている。

——悪いな、通してもらうぞ。

ダリアとの面会を断られたギルバートが、執事を押しのけて屋敷に踏み入る場面を、オズは見ている。

〝本気〟なのか、と、その姿にオズは思った。こんな状況になって、交際阻止計画もなにも、ない。ブレイクは「いや〜、ギルバート君、男前ですネェ」と楽しんでいるようだったが、オズはそんなノリになれなかった。

そして——。いま、屋敷から馬車が出ていった。

(ここから見たかぎりじゃ、なかにギルの姿は見えなかったけど)

小さな客車の窓越しにちらりと見ただけなので、見逃した可能性もなくはない。客車内にはダリアの姿しか見えなかった。

屋敷にギルバートを残して、彼女だけが外出する。……それは不自然だ。

「ダリア＝ガーランド、十九歳、ガーランド家・当主ダンセン＝ガーランドのひとり娘」

ブレイクが幹の陰から、林を通り抜ける小道へと出ながら、淡々といった。

オズもブレイクの背後に続いて、小道へと出る。すでに見えなくなった馬車を見るように視線を小道の先へと向ける。

——夜の蝶、とブレイクは呟いた。

「夜の、蝶？　それがなに？」

ブレイクの言葉をくり返し、オズは首を傾げる。

「大通りの裏手にあるブティックの店名だヨ。有名ブランドとかは扱っていませんが、派手好きな奥様方が好むデザインのドレスを多く扱っていてネ。そこそこ繁盛しているらしい。まぁ私もパーティで見たことがありますが、あれはなかなか……」

「なかなか、なんだよ？」

「こう胸とか、ばっくり開いていてネ。男を誘うために作られたようなデザインなんですヨ」

ジェスチャー付きで話すブレイクに、オズはやや頬を赤らめる。

「ついでに、脱がしやすいような工夫もバッチリ」

ぶっ、とオズは小さく咽せる。

まだ〝大人の階段〟を上っていない身には刺激が強かった。

「だ、だから！　なんで、そんなこと、いまここで――」

「ダリアは、もともとめったに家の外には出ない女性だった。それが半年ほど前から、しばしば『夜の蝶』に出入りする姿が目撃されている。別に、パーティに出るようになったってわけでもないのにネ」

思いがけなく繋《つな》がった話に、オズはなんといえばいいかわからない。だが、続くブレイクの言葉に、その表情が、さっと変わる。

「そして、『夜の蝶』のマダムには、黒い噂《うわさ》がある」

「……それって」

「マダムは、ブティックの地下で秘密のクラブを営んでいる。クラブといいながら、やってることは反社会的な悪魔崇拝で――。となると、黒魔術とかソッチ系の〝結社〟としての側面もある、と。むろん……」

そこで、ブレイクは一拍おいて、

「ダリアも関わりがある、かもしれない」

ざわり、とオズは胸騒ぎを覚える。と同時に、疑問がいくつも湧《わ》いた。

「ブレイク、なんで……いつの間にそんなこと調べてたんだよ」

するとブレイクは、さらりと流すように、

「一度はギルバート君から相談されたことだしネ。それくらいはしてきたヨ、昔から」

ギルバートを弄《いじ》って楽しむ裏側で、きっちり相手方のことも調べる。ブレイクらしいといえばらしいが、オズとしては納得がいかない。

「だったら、オレにもいってくれたってよかったのに」

「聞かれませんでしたからネェ。――ダリアの素性について♪」

悪びれたふうもなくいうブレイクに、オズはがっくり肩を落とす。ギルバートを翻弄《ほんろう》して楽しむついでに、オズの様子も面白がっていた可能性が大だ。オズはブレイクを睨みやり、嫌味のひとつでも、いってやろうかと思ったが、やめた。

ブレイクの話が事実なら、

「え、じゃあ、ひょっとしてダリアは」

「そう、ひとは見かけによらないものだからネ。……彼女がギルバート君に近づいたのは、なんらかの意図によって、ということも考えられる」

意図、それは〝婚姻目的の交際〟といったものではなく――。

そこまで思い至って、あれ？　とオズはちぐはぐした感覚を覚えた。昨夜、ギルバートはなんといっていたか。

今度の申し入れは、ダリア本人が望んだものではなく、彼女の父、ガーランド家の当主が計らったものだった、と。

それをブレイクに話すと、――ああ、とブレイクは短く相槌を打って、教えた。

「ダンセン氏なら亡くなっている、半年ほど前にネ」

ジジジ、と蝋燭《ろうそく》の芯《しん》が焦げるかすかな音が、していた。

鈍い頭痛のなかで、ギルバートの意識は覚醒《かくせい》する。

布かなにかで目隠しをされているらしく、視界は真っ暗だ。自分の体が、椅子《いす》に座らされていることを理解した。手足が肘掛けと脚にくくり付けられていて、まるで動かせない。——拘束されている。

ダリアの部屋で紅茶を飲んだあと、倒れた。

ギルバートの記憶はそこで途切れている。

(ここは……どこだ?)

目が覚めると囚《とら》われの身。

通常なら、まず混乱や焦燥《しょうそう》を覚えそうなものだが、ギルバートは冷静だった。

頭痛こそするものの、むしろ思考は鋭く冴《さ》えている。

すぐに声を上げたりすることはせず、視覚以外の感覚で周囲を探る。辺りから、残り香のようにかすかな血の匂い。耳を澄ますと、周囲から様子を伺うようなかすかな息遣いが複数。ギルバートをとり囲んでいる。なかにダリアがいるのか、まではわからない。けれど。

(……彼女が、オレを嵌《は》めた?)

理由は?　わからない。

ダリアが紅茶に睡眠薬を混ぜたのは、確かだと思う。

そのうえ、ダリアの部屋に漂っていた甘い匂いは、恐らく感覚を鈍らせる香《こう》のたぐい。紅茶に仕込んだ薬品に気づかせないための——だとすれば、用意周到な、手の込んだやり方だった。ギルバートが屋敷に来ることも、最初から計算していたと、そういうことになる。

やがて、カツ、と固い足音がひとつして、声が投げられた。

「おめざめ？　選ばれた〝贄《にえ》〟よ」

女性の声。だが、ダリアのものではない、知らない声だった。

冷静さの裏に、暗い熱狂の潜んだ、声だ。ギルバートは、わずかもひるまず淡々と聞いた。

「おまえが首謀者か」

「そんな無粋な呼び方は、よしてもらえるかしら。——〝偉大なる母〟と」

「たいそうな名だな」やや呆れ口調のギルバート。

「くく、肝が据わっているわね、さすがはナイトレイのご子息、かしら」

ギルバートは、すこし驚いた。

国から強大な権力を与えられている四大公爵家に害なすことが、どういうことを意味するか。さらには、四大公爵家のなかでも特殊な立ち位置にある、ナイトレイ家のものに手を出す——、それがどれほど重大なことなのか。

女性の言葉からは、そのすべてを承知の上で、という意思が読みとれた。

カツ、カツ、と女性の足音がギルバートに近づく。

「だからこそ、わが神への供物には、ふさわしい」

その言葉と同時に、女性の手が絡みつくように頭の後ろに回り、目隠しを外される。

ギルバートの前に、陶然とした女性の顔があった。年のころは、三十代から四十代といった辺りか。

整ってはいるが、どこか歪《ゆが》んだ印象を受けるのは、彼女の目が原因だった。正気を逸した妄執にとり憑《つ》かれている目。きらびやかで扇情的なドレス姿と、大事そうに小脇に抱えている古びた書物が、ミスマッチだった、

女性は口づけを迫るかのように、ギルバートに顔を近づける。

だが、ギルバートは女性を無視し、すばやく周囲に視線を走らせる。さほど広くない石造りの部屋だった。窓がないことから、地下か、と推測する。壁際には、七・八人の女性が粛然とならんでいる。

そして、そのなかにダリアの姿もあった。

「ダリア」

短く名前を呼ぶと、ダリアは小さく息を呑んで顔を逸らした。ギルバートは正面の女性へ視線を戻す。

「ダリアは、おまえの指示で動いていたのか」

「ええ。彼女、ここでは〝ブラックウィドウ〟と呼ばれているわ」にこりと笑う女性。

黒後家蜘蛛《ブラックウィドウ》。毒グモの一種。

自分が持つ〝鴉《レイヴン》〟と同じ、ふたつ名のようなものか、とギルバートは思う。

弟・ヴィンセントがいっていた言葉が、ちらりと頭をよぎった。——女はみんな毒グモだよ。

だが、それについて考えるのは後回しにし、女性に意識を向けて話を続ける。

「最初から、ということか」

「ええ、そのとおり」

笑みを大きくし、女性は自慢げに語りはじめた。ギルバートのことを調べ、どのような女性ならギルバートの心に隙を作ることができるか、それを徹底的に検討した結果だと。

――確かにな、とギルバートは苦笑したくなった。ギルバートを罠《わな》にかける、そのために選ばれた女性だとすれば、まさにダリアは適任だった。

(落ちついてるな、オレは……)

ギルバートは自嘲《じちょう》ぎみに思う。

(やっぱり、オレは〝こっち側〟の住人ってことか――)

婚姻や交際、まっとうな男女のつきあい、そんな明るい世界よりも。

よほど、平静を保っていられている自分。

そして、どこか、残念に思っている自分がいるのも事実だったが。

「なのに、この子ったら!」

ギルバートの思考を遮るように、女性は棘《とげ》のある声を上げてダリアに歩みよる。

女性は、びくっと身を竦ませたダリアの頬を力いっぱい平手で叩いた。石造りの部屋に鈍い音が響く。ダリアの華奢《きゃしゃ》な体が傾《かし》ぐほどの力だったが、ダリアはか細い声で「申しわけありません」と謝罪を口にするのみ。

女性はダリアの首を片手で押さえ苦悶《くもん》させながら、ギルバートを見やった。

「あなたを嵌めることに、迷いを生じさせてね。困ったわ」

ギルバートは、かすかに目を見開いた。

「せっかく、わが神の力で、大事な父親も蘇《よみがえ》らせてやろうというのに」

「父親？」

ギルバートが呟くと、女性は優越心に満ちた顔で、語りだした。

「ああ、あなたは知らなかったわね。この子の父親は、亡くなっているのよ、半年前に、とっくにね。まぁ知らなくても当然、この子は、それを誰にも教えなかったのだもの。親ひとり子ひとり……それはそれは深い親愛で結ばれていたのでしょうね」

女性――〝偉大なる母〟は、〝わが神〟と呼ぶものに奉仕する信者を、常に探していた。信者のひとりが様子のおかしいダリアに話を持ちかけ、そして、ダリアは奇跡を求めて〝偉大なる母〟と接触し、彼女も信者となったのだ、と。

「奇跡？」

ギルバートが呟くと〝偉大なる母〟は笑い声を上げた。

「そうよ、彼女は求めたの！　ああ、教えてあげましょうか？　あなたが訪れた屋敷、その一室にはね……」

「やめてください！」触れられたくない心の傷に触れられたように、ダリアが叫ぶ。

「いまでも、この子の父親の遺体があるのよ！　あははは！」

ダリアは痛みに耐えるような表情で、必死にギルバートから顔を背けている。

「本当なのか、ダリア」

ギルバートは問いかけたが、ダリアは答えない。

答えがないことが、雄弁に物語っていた。

それが事実なのだと。

「それを蘇らせてくれ、だなんて、なんと愚かで歪んだ願い！」〝偉大なる母〟は、心の底から愉快そうに「けれど、わが神は慈悲深いわ。欲深き愚者の願いも！　罪深き咎人《とがにん》の祈りも！　そう、等しくお受け入れくださるでしょう！」

「――やめろ」

ギルバートは低い声でいった。けっして激しい口調ではなかったが、〝偉大なる母〟はその声に言葉を途切れさせる。

〝わが神〟、そして〝贄〟や〝供物〟といった言葉から、彼女たちがなにものなのかは、もう聞かずともわかった。世間に広く布教されている天使信仰ではない、邪悪な神を崇《あが》める狂信者たち。

だが、どちらにせよ、ギルバートはそんなものなど、まったく信じていない。

この世界に実在するのは、〝魔〟だ。ひとの心の闇に、欲望に、弱さにつけ込み、契約を結び破滅させる異形のものたち――〝チェイン〟。

そう、彼女たちは、これまで〝チェイン〟に目を付けられなかったことこそ、〝わが神〟に感謝してもよかった。

「悪いことはいわない。オレを離せ。そして、バカげたことをすぐにやめろ」

ギルバートの言葉は、まさに彼女たちを思ってのものだった。

「ずいぶんと余裕ね」

面白がっているような〝偉大なる母〟の声には、苛立ちが滲んでいる。

（この程度の状況――）

いざとなれば自分が契約している〝チェイン〟を呼べば、簡単に覆すことができる。むろん、そこまでせずとも、一見してわかるが彼女たちは荒事に対して素人だ。焦りや不安を、ギルバートが感じるはずもない。

「ひょっとしたら、わかっていないのかしら」

呆れたように〝偉大なる母〟はいって、ダリアから手を離し、ギルバートの前に戻ってきた。

「だとすれば、察しが悪いわね」

といいながら、小脇に抱えていた書物を、慈しむように胸に抱く。そして、猫なで声で、

「ふふふ。あなたは、〝教典〟の記述により選ばれた真の〝贄〟」

「察しが悪いのは認めるが、それくらいはわかっている」不機嫌に答えるギルバート。

「あなたの魂は、わが神の腕に抱かれ、もうどこにも帰れない。——その血肉は、わが神の糧となるのよ」

〝偉大なる母〟は、自分の言葉に酔いしれ、身震いさえしていた。心の闇に溺《おぼ》れたその姿を、ギルバートは冷たく見据える。そして、ダリアのほうは見ずに、声を投げた。

「ダリア、おまえはどうなんだ」

ギルバートの問いかけに、ダリアは俯き「……ごめんなさい」ともらすばかり。

ここまでか、とギルバートは思い、首を押さえられたまま小さく嘆息する。

〝偉大なる母〟は、囚われの身でありながら落ち着き払っているギルバートの様子を、おかしいとさえ思わず、うっとりと言葉を続けた。

「さぁ首を裂き、胸をえぐり、その命を、わが神に捧げましょう」

彼女は懐からとりだしたナイフを、ギルバートの首筋に当てる。プツッ、と刃が皮膚を裂

き、血の滴《しずく》が浮かんだ。一瞬、ダリアがなにかいいかけたが、言葉にならない。〝偉大なる母〟は優しく、狂おしく、ギルバートに囁きかける。

「ほら、震えなさい、恐れなさい。それこそが――」

「黙れ」

ギルバートは拘束されていたはずの片手を抜いて、懐から拳銃をとりだし〝偉大なる母〟の眉間《みけん》に押し当てた。

ダリアの香と薬品によって、まだしばらく体の自由は利かないと考えていたのか、ギルバートにされた拘束は杜撰《ずさん》なもので、拳銃すらとり上げられていなかった。〝贄〟が反撃に出ることをまるで想定していなかったらしい。

甘く見られたものだった。

(まるで茶番、だな)

思考は冷えている。

この程度の相手に、鉛の弾丸を撃ちこむ気などない。

ギルバートは淡々と、だが鋭く、

「悪いが、オレの血と肉は、オズのものだ」

その言葉を発すると同時に、バタン！　と音高く石造りの部屋の扉が開けられた。

そして、聞き慣れた声が。

「――ギル！」

15

時間はすこし遡《さかのぼ》る。まだギルバートが椅子にくくられ眠っていたころ。

「……うわ、本当に派手だ。あ、こっちのスケスケじゃん」

レベイユの大通りの裏手、高級ブティック『夜の蝶』の前で、ショーウィンドウを覗きこんでオズが呟く。「でしょう?」と背後で相槌を打つブレイク。その足下には、ブレイクの手刀一発で倒れた、ガーランド家の執事の姿があった。

オズとブレイクが店の前にやってきたとき、執事はひと待ち顔で扉のそばに立っていた。そして、執事はオズが扉に近づくと懐から拳銃を抜き——いや、抜こうとしたところに、ブレイクが一撃。あっさり気絶させた。

「そこから入る?　ブレイク」

オズがショーウィンドウの横の扉を指さしていうと、ブレイクは「そうだネェ」と思案顔。

「裏口もあるようだケド、面倒くさいし正面から乗りこんじゃいますカ」

こく、と頷き、オズは頭上のブティックの看板を眺める。

ガーランドの屋敷から馬車が出たあと、オズとブレイクは人気のない屋敷に忍びこみ、ギルバートの姿を探した。だが、その姿はどこにもなく、となると、あの馬車に積み込まれていたのだろうと考えるのが自然だった。

恐らく行き先は、『夜の蝶』。そう判断し、二人はここを訪れていた。

「でもさ」

オズが感心したように呟く。

「まさかこんな街中に、アジトがあるなんて、思わなかったよ」

「木を隠すには森、ひとを隠すにはひと混みダヨ」

珍しくもない、というふうにブレイクはいった。

表向きは高級ブティックとすることで、自然と、貴族の奥方が集まってくる。

マダムが悪しき集団の主導者で勢力拡大を考えていたなら、貴族の奥方に狙《ねら》いを定めるというのは上手《うま》いやり方だった。彼女たちを引きこめば動かせる金も大きく、さらに表社会においてよいカモフラージュとなる。

オズは扉の前に立ち、そっとノブに手をかける。回してみると、さすがに鍵がかかっていた。

ふり返ると、ブレイクが小さな鍵を指で摘み、ゆらしている。

ブレイクは足下に倒れた執事を一瞥し、「ちょっとお借りしましタ☆」と笑み。

鍵を受けとり、オズは扉の鍵穴に差しこむ。カチリ、と回し、ノブを引いて扉を開けた。

なかからは、なんの物音もしない。店内は無人のようだった。

ふり返らず、オズはブレイクに告げる。

「よし、行こう、ブレイク」

「――お兄ちゃん?」

ブレイクの返事の代わりのように、横手から声がかかった。え？　とオズは思う。

その声は、こんなところで聞くはずのない声。

弾《はじ》かれたようにオズは視線を向ける。……妹のエイダだった。しかも、エイダは侍女も連れていない。こんな裏通りに、ひとりきりでいる。オズは驚きと心配で、いま自分が置かれている状況も忘れて、反射的に声を荒げていた。

「おまえっ、こんなところに、ひとりでなんて危ないだろ！」

叱責《しっせき》され、エイダはびくっと肩を竦める。

と同時に、オズは、はっと我に返った。自分が、いま、なにをしている最中だったのか思いだしたのだ。慌てて、ブレイクの方向に目を走らせると、彼の足下に転がっていた執事の姿はない。早業でどこかの物陰に放りこんだらしい。

さすがにブレイクは、すこし困った表情になっていたが、その目は『ここは任せたヨ、オズ君』と語っていた。

任せられても困るが、確かに兄である自分が対処するべきだ。

エイダに向き直る。兄の剣幕に、エイダはおどおどした表情になっていた。

「あ、あー、ごめんな、エイダ。いきなり大声出して」

オズが謝罪すると、エイダはふるふると首を振った。オズは、エイダがひとりでこんなところにいることに、なにか事情があるのだろうかと思う。

そして、ふとブティックに目が行き、ががんっとショックを受けてエイダを見た。

「エイダ、……まさかこの店で買いもの、しようと？」

こっそりと、ひとりで出歩く危険を冒《おか》してまで——。

ずいぶん成長した妹だが、いくらなんでも、まだ早い。兄として認められないオズだった。

〝お兄ちゃん、許しませんよ！〟という心境だ。

オズの言葉に、エイダはショーウィンドウを見やり、ならぶ扇情的なドレスに、ぼんっと顔を赤くした。

あたふたとオズを見返し、「ち、違うわ。違うの！」と手を振って反論する。そして、自分は侍女とともに街まで買いものに来たが、大通りから裏手へと入っていく兄の姿を見かけ、思わず侍女を置き去りにして追いかけてきてしまった、と話した。

なんだそうか、とオズは、ほっと安堵する。そんなオズに、今度はエイダが聞いてきた。

ちらちらとショーウィンドウを気にしながら、

「……お兄ちゃんこそ、ひょっとして誰かに贈るためのドレスを……」

ぶっ、とオズは吹きだした。

「ちち違う！　だいたい、オレはもっと女の子らしいドレスが好きで——」

「でも、入ろうとしてた、よね？」

オズは言葉に詰まる。

真の意図は別にある。だが妹にそれを伝えるわけにはいかない。

ちらりとブレイクを見ると、声をださずにパクパクと口を動かし『のんびりしてる暇はないヨ～』と伝えてきた。『そんなのわかってるよ！』とオズは目でいい返す。

なんとかしてエイダをここから遠ざけなければならない。妹まで、巻きこみたくはない。

だが、すでにエイダは怪しんでいる、もしくは興味津々でいる。よほど上手く丸めこまないと、なかまで付いて来かねない——。

「あ～、オレは、だな。ちょっと頼まれて。受けとりに来ただけっていうか」

「？？？　誰に？」

またオズは言葉に詰まった。思考をフル回転させる。そして、

（ゴメン！）

と心のなかで謝り、

「叔父《おじ》さんだよ。オスカー叔父さん」苦笑いの表情を作って、いった。

「叔父様が？」

「そう、誰か……女のひとに贈るんだってさ。でも、あんまり、ひとに知られたくないらしくてな。だから、見なかったことにしてくれるか？　エイダは、なんにも見なかったってことにして、ここから離れてくれ。侍女も探してるぞ、きっと。なっ？」

エイダはオズの話を聞き終えると、やがて、おずおずと頷いた。頬が赤い。頭のなかで、どんな想像をしているのか。またショーウィンドウを見やり、エイダは「叔父様、こんなドレスを贈るようなひと、いたんだ……」と呟いている。

オスカー叔父さんにバレたら死ぬほど怒られそうだ、とオズは思う。だが、いまは、とにかくこの状況を凌《しの》げればいい。

「あ、え、えと、じゃあ、私は……戻るね」

「あ、ああ、ごめんな」

ぎこちなくいうと離れていくエイダに、オズもぎくしゃくと手を振る。遠ざかるエイダを見送るオズの隣に、ブレイクがならぶ。

上出来、と誉められたが、オズとしては、素直に喜びきれない。改めて、ブレイクがノブに手をかけ、扉を開き、店内に体を滑りこませた。

オズも慌ててあとに続く。

派手派手しいドレスがあちこちに飾られていたが、照明が灯《とも》っておらず、店内は味気ない薄闇に満ちていた。踏みこんだ二人の足音だけが、響く。

「誰もいないね」

オズの呟きに、ブレイクが頷く。

「まぁさすがに誰が入ってくるかわからないからネェ。ギルバート君をさらって、なにを企んでいるにせよ、この店内じゃ行わないヨ。どこかに秘密の空間か……、そこに通じる通路があるはず。さ、探そうカ」

「探すって……」

オズは店内を見回し、やや戸惑いがちにいった。

店内には、ドレスの下に着ける下着のたぐいも飾られている。ドレスと同じで、やはり大胆かつ扇情的なデザインのものばかりだ。オズには少々刺激が強く、店内に入ってから、ずっと目のやり場に困っていた。

「なにを赤くなってるんだい」

ブレイクは呆れ顔。

「まだ着られてない下着なんて、ただの布ダヨ」

そういわれても、簡単には割りきれないのが少年心だ。

オズは店内を探しはじめた。壁を検分しようと、かかっているドレスや下着をかき分ける。貴族を相手にしているためか、使われている布地はさすがに上質で、その手触りに感心しては、はっと我に返ったり。

やがて、ブレイクが試着室の壁にある怪しい継ぎ目に気づいた。そして、その隠し扉になっている壁の一部を開けると、地下へ下りる階段があった。

二人は闇のなかへ下りていく。階段を下りきった先は、石造りの通路になっていた。通路は前方と左右の三方に伸びている。

通路の壁には、一定の間隔でポツポツと燭台《しょくだい》が備えられていて、小さな灯火をゆらしていた。おかげで視界には困らない。

「ずいぶん広いな、地下」

せいぜい、地下室がひとつかふたつあるくらいかと思っていたオズは、驚いたように呟く。

「お金がかかってるようですネェ。貴族の奥様方の出資でしょうが」

「地下神殿――ってとこか」

問題は三方に分かれた通路、どちらに向かうか。どの通路の先に、ギルバートがいるか。

「まァ、正面から行ってみますカ」

ブレイクは気楽な口調で、そういった。

そして……。

「──ギル！」

ギルバートは、石造りの扉が開くと同時に、投げられた声、続けて踏みこんできたオズの姿に愕然とする。

その驚きが、冷徹さを保っていたギルバートに隙を生む。〝偉大なる母〟は、その隙を逃さずギルバートがまだ片手と両脚をくくられている椅子に体当たりし、倒し、身を翻した。オズとブレイクが入ってきたのとは別の扉から、部屋を飛びだす。

ダリアを含む残された女性たちは動揺の声を上げるが、状況把握ができないのか、まるで動けない様子だ。

椅子もろとも倒れたギルバートは、頭の打ちどころが悪く、目眩を覚えながら駆けよってくるオズを凝視する。

「オズ、おまえ、どうして……」

「どうしても、こうしてもないだろ！　従者のピンチに現れるのは、主人として当然だ！」

普通は逆だ、とギルバートは思った。だが、それがギルバートの知るオズだった。

オズは倒れたギルバートのそばでしゃがみ、急いで片手、両脚の拘束を解こうとする。だが、ギルバートは「いい」と短くいって、銃口を椅子に向け、続けざまに銃弾を放ち、肘掛けと脚を破壊する。拘束から完全に脱し、立ち上がった。

女性たちは、呆然《ぼうぜん》と立ち尽くすダリアを除いて、部屋の角に集まり、肩を寄せ合い震えている。

ひとまず女性たちは置いておき、ギルバートはオズとブレイクに向き直った。

「おまえら――」

オズ、それからブレイクへと目を移す。

ギルバートは彼の澄ました表情から、もうすべてを知っているのだと理解した。ブレイクはからかいの笑みを浮かべて「心配しましたヨ～？　ギルバート君☆」と言葉とは裏腹に、心配していなかったことが丸わかりの声を出す。

……ち、とギルバートは軽く舌打ち。

「ね、ギル」

オズが〝偉大なる母〟の出ていった扉を見やり、

「逃げてったの、誰？」

「――ッ」

その言葉に、ギルバートは小さく息を呑む。

「今度の件を裏で糸引いてた女だ。追わないと」

険しい声でいうギルバートに、ブレイクはあくまで呑気《のんき》に佇んでいる。

「いやァ、その必要はないでしょう」

どういうことだ？　とオズとギルバートがそろって見やると、ブレイクは天井をふり仰ぐように見上げ、冗談めかした口調に、どこか鋭さを混ぜて、いった。

「――あとは〝あっち〟に任せておけばいいですヨ」

「あっち？」とギルバートはくり返したが、ブレイクはそれ以上、説明しようとしない。

と、ギルバートの意識の死角を衝《つ》くように、

「……ギルバート、様」

壁際から、いまにも倒れそうな弱々しいダリアの声がして、ギルバートは顔を向ける。

ダリアの顔は青ざめていた。

自分が、ギルバートを亡きものとする企みに参加し、そして、その企みが破れたことを理解して、もはや逃げ場はないと受け入れている様子だった。その表情は、どこか……安堵しているようでもあった。

ギルバートは黙って彼女を見つめる。昨日、彼女と過ごした記憶が脳裏を掠めるが、もうそれは酷く遠いものに感じた。

許してもらえるとは思っていない、とダリアはいった。

それに、と続けて、

「私がしたことを、後悔もしていません。私に、ほかに道は考えられなかったのです」

死した最愛の父を蘇らせてやろう、と持ちかけられて。

「けれど……きっと、これでよかったと――」

「もういい」

ギルバートはダリアの言葉を断ち切るようにいった。

〝偉大なる母〟がいったように、ダリアは迷っていたのだろう。ギルバートを椅子に拘束したのは彼女だったのかもしれない。その迷いが、拘束を、簡単に抜けられるような緩いものにし

たのだとすれば。

（オレは、彼女になんて声をかければいい？）

ギルバートは自問する。感謝か、慰めか。

いや、違う、そのどちらも彼女は望んでいないだろうと思った。彼女の心、そこにある痛みに理解を示すことを、彼女は望んでいない。かといって、ギルバートには彼女を責める気持ちもなかった。

彼女も自分も、なにものにも代え難い大事な存在を胸に抱いていて。

その存在のためには、どんなことでもできる。たとえ、それが許されざる罪だとしても。

……自分とダリアは、どこか似ている、とギルバートは思った。

それでも、いま示すべきは理解でも共感でもない。どこまで行っても、ギルバートの世界とダリアの世界は交わらない。だから。

だから――、

「オレは、あなたを許さない。もう二度と、オレの前に現れるな」

ギルバートはかぎりない冷たさで、そう告げた。

ダリアは、――ありがとうございます、とかすかに呟いた。

16

わからない。なにが起きたのかわからなかった。

石造りの部屋から逃げだした〝偉大なる母〟は、地下通路を駆けている。

神に捧げる〝贄〟がいきなり拳銃を向けてきたのもわからなかったし、これまで厳重に秘してきた地下空間に乱入者が二名も現れたこともわからなかった。

計画は狂った。

彼女のなかでは狂うはずのない計画が狂ったことで、混乱の極地に陥っていた。

「どうして……！　どうしてなのですか、わが神よ！」

息を切らしながら叫ぶ。

自分の行いは、なにも間違っていなかったはずだ。まだ自分の人生になんの意味も見いだせなかったころ、偶然、古物商から手に入れた〝教典〟。この世に一冊しかない、と古物商が語った古びた一冊の書物。

そして、それを通じて知ることができた、禍々《まがまが》しくも強大な存在。素晴らしかった。これだ！　と思った。

それから彼女は、自らを〝教典〟に記された〝神〟に仕える第一の僕《しもべ》として、その存在に尽くしてきた。

〝教典〟に記されたとおりに、なすべきことをなし、大いなる降臨に必要な準備を進めた。

〝教典〟に。〝神〟に導かれるままに。

その計画の、最後の鍵が、あの〝贄〟だった。

だというのに。

（……あと一息！　あと一息だったというのに！　許さない！）

自分は逃げているのではない、と彼女は思いこむ。

計画は狂った。だが、あきらめるわけにはいかない。もう一度、体制を立て直して必ず計画を遂行してみせる、と、そう誓う。

彼女は地下から店内へと上がる階段へとたどり着く。ろくに前方を見もせず駆けあがる。いや、駆け上がろうとしたところで、胸に衝撃が叩きつけられ、吹っ飛んだ。無様な格好で通路に転がる。なにが起きたのか、わからなかった。

だが、手に持った〝教典〟は離さない。離すわけがなかった。

「逃がしません」

淡々とした少女の声が、階段から降ってくる。それはまだ幼さの残った声でありながら、あまりに無感情な、生気の感じられない人形のような声。

〝偉大なる母〟は顔を上げる。混乱の極みにあるためか、痛みは感じていない。視線の先、階段のなかほどに、片足を上げた――蹴りを放った体勢の少女がいた。少女は脚を下ろし、なんの感情も読みとれない目で、こちらを見下ろしている。

顔立ちはあどけない。だが〝偉大なる母〟は、その少女がまとう無機質な冷たさに恐怖した。

そして、すぐに、

「ああ、あまりやりすぎないようにね、エコー……」

少女の後ろから、もっと恐ろしいものが姿を現した。

「それは、僕がお仕置きをするんだから……」

「――――ッ」

声に出して悲鳴を上げなかったのは、あるいは〝偉大なる母〟の矜恃《きょうじ》だったかもしれない。

人形めいた少女の背後に立ったのは、中性的な、見目麗しい青年だった。

〝偉大なる母〟が恐怖を覚えたのは、その青年が拳銃を手にしていたから、ではない。言葉では説明できない、いいしれぬ深い深い闇を青年から感じたからだ。その闇に呑みこまれるような錯覚に陥ったからだ。

〝偉大なる母〟は腰が抜けたように動けない。

ゆっくりと青年が拳銃の銃口を〝偉大なる母〟に向ける。彼女は、殺される、と思った。

――青年の闇に呑まれて。

助けを求めて声を上げようとして、喉は引きつる、掠れた音がもれるばかり。

「……ひ、……ひぃ」

「たかが毒グモの親のくせに、僕のギルを汚そうなんて――」

青年は柔らかな声音で、優しく歌うようにいい、拳銃の撃鉄を起こした。そして、

「ちょっと許せないね……」

動けない〝偉大なる母〟に向けて、引鉄をひいた。

通路に炸裂《さくれつ》する銃声――。

「……おや、外しちゃったね」

ヴィンセントは、うっすらと硝煙を上らせる銃口を掲げて、なにげない口調で呟いた。

エコーが背後の主をちらりとふり返り「――はい」と淡々と肯定する。

「兄さんと違って、僕は銃の腕が悪いから仕方ないか……」

たいして悔やんでいる様子もなく、ヴィンセントは拳銃を一瞥し、再度、階段のなかほどから通路へと銃口を向ける。だが、そこには誰の姿もない。ただ、通路の壁にポッッと黒い穴が穿《うが》たれているのみだ。

と同時に、バタバタとみっともない足音を立てて、女性が遠ざかっていく物音が聞こえた。

「逃げていきました」エコーがいわずともわかることを報告する。

「しぶといね、虫けらなのに……。いや、虫けらだから、かな」

ヴィンセントの声は、愉悦に満ちていた。エコーとともに、階段を下り、女性を追って通路を歩んでいく。どのみち、簡単に殺してやろうとは思っていない。いたぶっていたぶって、苦悶と絶望を味わわせてやろうと思っていた。

女性は騒がしい音を立てて、逃げている。追うのは簡単だった。

やがて、ヴィンセントとエコーは、通路の突き当たりにある扉の前までやって来た。扉は開いていて、二人は室内に踏みこむ。

本棚と机、ソファがあるだけの簡素な部屋だった。そして、無人だった。

女性がこの部屋に入ったのは、確かだ。だが、どこにも姿はない。

「へぇ」とヴィンセントは面白がるように呟いた。部屋のなかを見渡す。エコーがヴィンセントの名前を呼んだ。見ると、エコーは壁際に置かれた本棚を指さしている。いや、正確には指しているのは、本棚自体ではない。

本棚に動いた形跡があり、その後ろの壁に細い隙間が見えていた。本棚の後ろに空間がある。

「……隠し部屋、か」

くく、と笑みをこぼして、ヴィンセントは本棚に歩みより、隙間から向こうを覗いた。

〝偉大なる母〟の後ろ姿が見える。

だが、そこにいたのは彼女ひとりではなかった。もうひとり、ヴィンセントがよく知っている顔があった。

ヴィンセントは——、

覗・い・た・こ・と・を・心・か・ら・後・悔・し・た・

17

〝偉大なる母〟が逃げこんだのは、本棚の裏の秘密の書庫だった。書庫であり、彼女が心静かに祈りを捧げるための空間。

たいして広くない、ひとが数人も入ればいっぱいになる小部屋だ。その書庫には、彼女が集めたあまり人目にさらせない類の書物が収められている。むろん、どれも彼女が大事に手にしている〝教典〟に敵う価値などないが。

彼女は、ここに逃げこめば安全と思っていた書庫で、愕然と立ち尽くしていた。

あり得ないものを目にし、目を見開いている。

(どうして……ここに、ひとが⁉)

ひとりの女性が、ぺたりと書庫の床に座って書物のページをめくっていた。

(誰……⁉　なぜ、この隠し部屋に⁉)

女性の姿は、幼い子供が温かな暖炉の前で絵本をめくっているような、そんな心温まる風情。

だからこそ、〝偉大なる母〟には信じがたい。ここは、自分以外、知るもののない隠し部屋なのだから。

ブティックの地下の空間は、彼女が設計したもので、なかでもこの小部屋は、高度な神秘学の知識に基づいて、選ばれた地点に造られたものだ。

隠し扉になっている本棚も、よほど神秘学に詳しいものでなければわからない暗号が鍵として用いられている。

熱心に書物を読んでいた女性が〝偉大なる母〟に気づいて、顔を上げた。

はっと息を呑み、次いで、恥ずかしがるように、すまなそうに、

「あっ、あの、すみません！　勝手に入って……」

「あなた……どうして、ここが」喘ぐように彼女はいった。

「えっと、それは、その」

と申しわけなさそうにもじもじしながら、答える女性——エイダだった。

エイダは兄と別れたあと、やっぱり気になって店の前に戻り、店内に入ったところ地下への階段を見つけた。そして、店に入ったはずの兄の姿が見えないことに、心配になって下りてきたのだが……、

「この地下って、すごいですね！」

いきなりキラキラと瞳を輝かせ、明るく弾けた声を上げるエイダ。それはお腹を空かせた子供が目の前に山盛りのお菓子を置かれたような反応だった。その勢いに、びくっと〝偉大なる母〟は身を竦ませる。

「私、感動して、ついフラフラと歩き回ってしまって！　素敵な空間ですっ」

うっとりしちゃいました、と胸の前で手を組み合わせる。

〝偉大なる母〟は混乱の極みにあった。いったい、この女性はなにものなのか。自分の目の前でなにが起きているのか。これっぽっちもわからない。

と、エイダは〝偉大なる母〟が手にした古びた書物……〝教典〟に目を留める。

「あ、それは……」

控えめに、誘われたように本に手を伸ばし、興奮しながらもどこか気品を感じさせる動きでとり上げると、ページを開く。大事に掴んでいたはずだが〝偉大なる母〟は、完全に心の隙を衝かれていた。

彼女は、慌てて、とり返そうと手を伸ばす。

「ちょっと！　返しなさい、それは命より大事な、私の……!!」

だが、エイダにはその声が耳に届いていないのか、本を見ながら、しゅんと落ちこんだ。

そして、悲しげな吐息を零していった。

「……あなたも買ってしまったんですね。これ……私も、持っています……」

——私も、持っている？

なにをいっているのか、と〝偉大なる母〟は、エイダの言葉に戸惑いを覚え、次いで、憤怒《ふんぬ》を湧き上がらせた。くだらない、そして、あまりに無礼な嘘だと思った。〝教典〟をとり返そうと手を伸ばしながら、怒鳴る。

「バカなことをいわないで！　その〝教典〟は、この世に——」

「この世に一冊しかないって触れこみで、古物商のひとから買っちゃったんですけど……」

湿った声で呟くエイダの言葉に、〝偉大なる母〟は凍りつく。

同じだった。彼女が手に入れたときと。

エイダは気落ちして肩を落とし、嘆息しながら続けて、

「ひどい偽物ですよね……。書かれてることは、いろんな魔術書からの安易なツギハギで、そもそも間違いばかりだし、誤字も多いし……。ひとりのオカルト好きとして、こんなダメな本を買っちゃうなんて恥ずかしいです——って、あ、ごめんなさいっ」

自分の言葉が間接的に〝偉大なる母〟も貶《けな》していることに気づき、慌ててエイダは謝罪する。

（……ひどい、偽物？　間違いだらけ？　ダメな、本？）

〝偉大なる母〟には、なにがなんだか、これっぽっちもわからなかった。

（〝教典〟は、私の命より大事なもので――でも、この子も持ってるって……え？　え？）

　呆然と佇み、一言も発さなくなった〝偉大なる母〟に、エイダは怒らせたかと肩を縮こまらせる。もじもじ、もじもじ、としながらいった。

「あっ、す、すみません、失礼なこといっちゃって……あの、もしよかったら、私のオススメの魔術書とか、お貸ししましょうか？」

　エイダにすれば、心からの謝意と善意に基づいた申し出だった。同好の士としてお近づきになれたらいいな、という純粋な好意も、そこにはこもっている。

　だが、すでに精神崩壊寸前だった〝偉大なる母〟は、虚《うつ》ろな声で、問うた。

　問わなければよかった、問いを。

「それは……どんな本、なの、かしら？」

　するとエイダは、「あっ、それはですねっ！」と、いままでの落ちこみっぷりはどこへ行ったかというほどの笑顔で立ち上がる。いきなりの変わりように、思わず一歩後ずさる〝偉大なる母〟。

　エイダは、そんなことにもおかまいなしで、〝偉大なる母〟の脇に回りこみ、耳元に口を寄せた。とっておきの内緒話をするように、楽しげに囁く。

「ごにょごにょごにょごにょごにょ………………………」

　じわじわと奈落の底に引きずりこまれるように、凍りつく〝偉大なる母〟。

　その姿は、さながら死より恐ろしいものに触れたがごとく、であった。対して、エイダの表情は、お花畑で楽しげに花摘みをしている少女のようであり。

そして、そこへ本棚の隙間から向けられている視線——。覗いているヴィンセントは、囁いているエイダの様子、それを聞く〝偉大なる母〟の姿から、そこでどんな言葉が紡がれているかを悟る。ヴィンセントのなかでトラウマが蘇る。以前、エイダに連れられて行ったベザリウス家の別宅、そこで告げられたこと、見せられたもの……。

そして最後に、エイダは仇《かたき》を討つように〝教典〟の表紙を、えいえいと平手で叩きながら、

「こぉんな、ひとを騙《だま》すだけの本より、何倍も価値がありますよっ☆」

心から〝偉大なる母〟への思いやりを込めていった。花のように愛らしく笑って。

それが、

トドメになった。


やがて地下通路に、さらに地上のブティックにまで。

「いやあああああああああああああああああああああああああ‼」

ヴィンセントの闇に触れても、悲鳴だけは上げなかった〝偉大なる母〟の、絶叫が響き渡った。

これが、ギルバートの命を狙ったものの、結末だった。

エピローグ

翌日の昼下がり。

レベイユの下町にあるギルバートの部屋に、オズとギルバートの二人はいた。オズはギルバートお手製の昼食をとったあと、食後の紅茶を楽しんでいる。ギルバートは台所で食器を洗いながら、ちらちらとオズを気にしている。

たぶん、オズは今回の件について話をしたいと、そう思っているはずだった。

だが、部屋に着くなり「お腹減った」といって食事をねだってから、いまに至るまで、昨日のことに一言も触れないままだ。

紅茶に添えてギルバートが出したスコーンを、おいしそうに頬張っている。

(食事を……しにきただけなのか？　オズは？)

そんなことはないだろう、と思いながらギルバートは内心で首を捻る。

昨日のことなら、ギルバートにも話したいことがあった。

というか、確認したいことがあった。

あの石造りの部屋にオズとブレイクが飛びこんでくる直前、自分がいった言葉。

『悪いが、オレの血と肉は、オズのものだ』

あの言葉が、オズの耳に届いていたのか、どうか。

微妙なタイミングだったと思う。……いや、別に聞かれていたからといって、困ることはなにもない。嘘じゃない、それはギルバートの本心だった。だが、それでも、聞かれていると思っていないところで口にした、心からの言葉を、聞かれていたとしたら。

——さすがに恥ずかしい。

「ギル〜、もうないのスコーン。お代わり、お代わり」

スコーンが盛られていた皿を空にして、オズがせがむ。ギルバートは呆れた声で、

「もう十分食べただろう、これ以上食べると夕飯が入らなくなるぞ」

「え〜」不満げに頬を膨らませるオズ。

年相応な反応を見せるオズに、ギルバートは、くすりと微笑みを浮かべてティーポットを手に歩みよった。

オズは、くいっと紅茶を飲みほし、「ありがと」というとティーカップを差しだす。

熱い紅茶を注ぎながら、ギルバートはオズの様子をうかがう。

(なにげなく、さりげなく、聞く——)

「ギルってさ」

なにげなく、オズがいった。

「やっぱ将来、結婚するよね。いつか、誰かとさ」

からかってはいない、かといって深刻さもない、そんな声だった。いきなりなにをいうかとギルバートは黙る。そして、思いだした。

一昨日《おととい》の夜、この部屋で、オズとかわした言葉。

——ギル、結婚すんの?

——……かもな。するなら、ああいうひとがいいんだろう。

あのとき、自分はどんな思いで、それをいったのだったか。そう、オズとブレイクのからかいに苦々しい思いをしていて。

それで、売り言葉に買い言葉のように、口にした。あれは、それだけのものだった。

オズがどんな気持ちで、いま再び〝結婚〟という単語を口にしたのか、それはわからない。

ただ、ギルバートは短く吐息をもらして、

「……しない。できるとも思ってない」

「なんで？　ギルってちょっとヘタレだけど優しいし、家事も得意だし、超優良物件じゃん」

「……ヘタレは余計だ。それに貴族の結婚に、家事は関係ない」

「そうかなぁ」首を傾げるオズ。

「それに——、そもそもそういうことじゃない」

ギルバートはぶっきらぼうに答える。するとオズは、やはりなにげない口調でいった。

「ギルの血と肉は、オレのもんだから？」

(やっぱり聞かれてた！)

ギルバートは頬が火照るのを自覚した。オズへの忠誠の言葉など、これまで幾度となく口にしてきている。いまさら、恥ずかしがることではないとわかっているが、ギルバートはついオズから顔を逸らす。

横顔に、じっと見てくるオズの視線を感じる。

「ギル」

「…………………………………………………………」

ギルバートは長い長い沈黙。やがて、

「当分な」

と答えた。オズは「へへー」と悪戯っぽく笑う。

その笑みに、なんとなく悔しくなって、ギルバートは言葉を続けた。

「オレがするとしたら、おまえのあとだ」

「えー、オレ？」

「おまえこそ、ベザリウス家の次期当主なんだから、しないわけにもいかないだろ」

「あ〜〜……そうなるのか、やっぱり」

オズは気乗りしない様子で、呟いた。天井を見上げ、オズは物思う顔になる。

自分の将来の姿を想像しているような表情。

温かい家庭を持った自分。

「――想像できないなぁ」ぽんと言葉を放りなげるように、呟いた。

そこにどんな思いが、意味が込められているのか。

なにもないのかもしれないし、多くのことが含まれているのかもしれない。オズの声や表情からはわからない。

ギルバートは、なんと返せばいいのかわからず、すこしの間、考えて、

「そんなこといって、どうするんだ。お互い独り身のまま年寄りのジイさんになったら」

するとオズは、ぱちくりとまばたきをして、次いで笑みになって、

「そうなったら、二人仲よくうちの庭で日向《ひなた》ぼっこしよっか。ベンチに並んで座っててさ」

「…………」

ギルバートは思い描く。

何十年も先、しわくちゃの老人になったオズと、それより十年分さらにしわくちゃになった自分が、ベザリウス家の庭で日向ぼっこしている姿を。『ふぉっふぉっふぉ、ギルや、紅茶を入れてくれんかのぅ』『はぃぃ、オズぼっちゃん。よっこらしょ、と。ふぅぅ』そんなやりとりをする二人の画が浮かんだ。

それは、なんとも牧歌的で、温かな——、

「…………わるくないな」

ぼそりとギルバートがいうと、オズはたちまち顔をしかめた。

「え、絶対やだよオレ、いま想像してみて寒気がしたもん、うわ〜……」

「なんでだ⁉　平和でいいじゃないか」

ムキになるギルバートに、オズはしかめっ面のまま、

「平和だけど華がないよ。かわいい女の子がいなきゃオレは嫌だ嫌だ嫌だ！」

駄々《だだ》っ子のようにいうオズに、ギルバートはなおも反論する。

部屋には、騒がしい声が満ちてしばらくやむことはなく——。

それは騒々しくも賑《にぎ》やかで、どこか優しくて。

けっして壊れることがないと思えるような、そんな二人の情景だった。

その日の夜。

オズを『パンドラ』本部に送っていったあと、ギルバートは一度自宅に戻り、ナイトレイ家の屋敷に向かった。人通りの多いレベイユの大通りを歩く。ダリアと会うために持ちだしたスーツを返すためだ。

人波を縫って歩きながら、ギルバートは昨日のことを思いだしていた。

石造りの部屋で、ダリアに最後の言葉をかけたあと、地下全体に響き渡った〝偉大なる母〟の悲鳴。

その姿を探すと、彼女は隠し部屋と思われる部屋で倒れていた。なにか、例えようもないおそろしいものに触れたような、そんな形相で意識をなくしていた。だが、その部屋には他に誰もおらず、ギルバートたちは首を傾げるしかなかった。

ブレイクすら、なにがあったのか？　と理解できない様子だった。

ギルバートとダリアは、ブティックの前で別れた。

もう彼女と会うことはないだろう、と思う。彼女がこれからどうするのかはわからない。これまでと変わらず、父の遺体を屋敷に隠したまま生活するのか。だとすれば、それが世間に知られずに続くのか、もし知られた場合はどうなるのか。

どうなるにせよ、もう自分には関係のないことだった。いずれ、記憶から彼女のことも消えるだろう。

（女性は、みんな毒グモ、か）

スーツを借りにナイトレイ家に戻ったとき、弟からいわれた言葉を思い返す。

ひょっとすると事実かもしれない。

あんな、物静かで、おしとやかに見えたダリアにも毒が……、闇があった。あるいは、それは男女の区別なく、たとえ表面上は見えなくても隠し持っているのかもしれない。そんなふうにギルバートが沈んだ気持ちになったとき。ふとギルバートの脳裏に、愛らしい声と顔がよぎった。


ギル。だめよ、そんな気難しい顔をしてちゃ。


(エイダ様――)

いつも、ふわふわと温かで優しい空気をまとっている彼女。

エイダほど、〝毒を隠し持っている〟という言葉の似合わない女性はいない。

他の誰が、そうであろうと。

(エイダ様に、会いたいな)

理由もなく、ギルバートはそんなふうに思った。……会って、なんてことのない会話をして、暗くなっている自分を叱ってもらいたいと思った。とはいえ、なんの口実もなく会いに行けるようなギルバートではなく、それに無理やり口実を捻りだすような器用さも持ち合わせてはいない。

いや、違う、とギルバートは自分を叱咤《しった》した。こんなのはただの甘えだ、と。

(しっかりしないとな)

ナイトレイ家に戻れば、弟のところに顔を出さないわけにいかないだろう、と思う。

一応、ダリアとの話は終わったと、教えないわけもいかない。

「はぁ……」

なんとなく気が重く、ギルバートは湿った吐息をもらした。


「面会謝絶？」

ギルバートがナイトレイ家の館に戻り、ヴィンセントの私室を訪れたとき、扉の前に立ったエコーにそういわれた。

こくり、とエコーは頷き、

「二・三日、誰とも会わないそうです」

「もしかして倒れたのか？　病気……とか」

「いえ」

エコーは首を振り、無表情のまま、すこし考えこむように顔を俯け、

「ちょっと……精神的なダメージが」

ギルバートは首を傾げる。精神的なダメージ？　ひとを避けるほどの？　どんなことがあればそんな事態になるのか、ギルバートには想像もつかない。

だが、ダリアの件を話さずに済むことには、ほっとした。

そうか、とエコーに告げて踵《きびす》を返そうとしたとき、がちゃ、と扉が開いてヴィンセントが顔

を見せた。

端正に整った顔が、どことなくやつれたように見える。「ヴィンス」とギルバートが気遣う言葉を掛けようとしたとき、先にヴィンセントが口を開いた。

兄に向かって、いい含めるように、

「やっぱり、やめたほうがいいよ、兄さん……。あの女は……」

ダリアのことか？　とギルバートは思ったが、ヴィンセントはそれを読んだように首を振り、

「違うさ、そうじゃなくて――……」

いいかけたものの、ふぅ、と嘆息をもらして扉の向こうに引っこんだ。

がちゃり、と扉が閉まる。

誰のことだ？　とギルバートは頭を捻るが、思い当たる人物は浮かばなかった。

無表情のエコーは、冷めた視線をギルバートに向けていた。


そして――。

「はぁ……」

叔父であるオスカーの私邸の応接室で、ソファに座ってエイダは嘆息をもらす。

なにかの書類を手に、そこへ通りかかったオスカーが「どうした？」と声をかけてきた。

「あ、ううん」

エイダは苦笑ぎみに笑って、心配させまいと首を振る。ちらりとオスカーを見て、ブティックの前で兄から聞いた言葉を思いだす。確かめてみたかったが、なにも見なかった、聞かなかったことにする、という兄との約束だった。好奇心を頭から追い払う。

エイダは昨日のことを思いだしていた。兄のことが気になって、下りていった地下。その一室で出会った、同じオカルト趣味の女性。うれしくて意気揚々とあれこれ話しかけたが、初対面なのにいきなりすぎたか、ひどく驚かせてしまった。

そして、倒れてしまった彼女のことが心配で、エイダはひとを呼びに外に出たが、街で迷ってしまった。

やっとの思いでブティックまで戻ったときには、入り口の扉は閉まり鍵がかかっていた。なかに呼びかけても返事がなく、翌日の今日、改めて店の前まで行くと、扉には『しばらく休業』と書かれた張り紙がしてあった。

驚かせたことを謝らなくては、と思っていたのに。

そして、もし許してもらえたなら。

……………残念だった。せっかくの機会だったのに。

「なにかあったなら、いってみろ」

オスカーはエイダの向かいのソファに座って、大らかにいった。

「どんなくだらないことでも、ちゃんと聞くぞ」

その言葉がうれしく、エイダは照れたように笑って、相談した。

「うん、えっと、同じ趣味の友達を作るのって、難しいなぁって」

いうと、オスカーは、フムと短く唸った。

すこしの間、思案するように目を閉じ、やがて、にやりと笑ってエイダを見て、いった。

ひょっとすると、けっしていってはならない言葉を。

「いっそ、すでに仲良しな子を、うまーく引っぱりこむのがいいかもしれんぞ」

エイダの趣味に、と。

オスカーにいわれたことを、これまで考えたことがなかったエイダは、すこしの間、黙る。

そして、小さな声で「そっか……、今度、やさしい内容の本を……」と呟いた。

その後、エイダが実行に移したかどうかは、謎《なぞ》である。


〜Fin〜

PandoraHearts

The Story
of
THE RAINSWORTHS

WHITE KITTY

清楚な悩み

1

それは、ある夜のこと。

月が夜空の頂に差しかかっている深い時間帯。

四大公爵家のひとつであるレインズワース家の本邸、その一室、広々とした寝室のベッドの上でシェリルは身を起こしていた。

シェリル＝レインズワース。普段は車椅子《いす》を足として使っている彼女だが、その姿は老いてなお気品と優雅さをなくさずにいる。

まだまだ男性上位の色が濃い貴族社会において、レインズワース家は女性の影響力が強い珍しい家系だ。シェリルは、その現当主として、レインズワース家のみならず、貴族社会全体に一目置かれる存在だった。

「――ふふ」

シェリルは愛嬌《あいきょう》のある笑みを浮かべ、窓のほうを見やる。カーテンは閉まっているが、その隙間《すきま》から細く月光が差しこんでいる。

片手を持ち上げ、シェリルは耳に添えた。小さな物音に、耳を澄ますように。

そして、楽しげに呟《つぶや》く。

「今夜も、猫が騒いでいるようね。かわいい子猫ちゃんが」

お嬢さまはお悩み中だった。

2

翌日の昼下がり、レインズワース家の自室の鏡台の前で、

「もしかして、私《わたくし》は、——なのでしょうか」

シャロンは鏡に映る自分を見つめながら呟く。どんよりと湿っぽい、浮かない声と表情だ。

「…………………」

シャロンは、にらめっこをするように、じっと自分の顔を見据える。眉間《みけん》にシワが寄っているのに気づき、無理やりにっこり笑ってみる。鏡に映るシャロンの顔は、どんな社交場に出してもケチの付けようがない完全無欠の上品スマイルになる。

だが、長くは続かない。

「ふぅ……」

力なく嘆息し、シャロンはうなだれる。

(落ちこみますわ……。せっかく、がんばってみようと思いましたのに)

はぁぁぁぁぁ、と長い吐息をもらす。

と、トントンと扉がノックされ、廊下から「お嬢様、よろしいでしょうか」と声が聞こえた。湿った空気をふり払い、お入りなさい、と告げると、静かに扉が開き、館《やかた》で働くメイドの

ひとりが入室してくる。

扉を背にして、メイドはシャロンに一礼し、歩みよってきた。

見ると、彼女は両手で小包を持っている。

「お荷物が届きました。こちらです」

「…………？」

恭《うやうや》しく両手で差しだされた小包を、首を傾《かし》げながらシャロンは受けとった。

誰《だれ》かからなにかが届くような心当たりはなかった。手に持った重みと感触から、なかに入っているのは一冊の本のようだと察し、差しだし人の名前を確認する。そこにはシャロンがよく利用している書店の名前が書かれていた。

それでシャロンは思いだした。

「確かに。私が頼んでいた本ですわ」

軽く頷《うなず》くと、メイドは一礼し、くるりと反転して扉へと歩いていく。

シャロンは小包に視線を落とす。そして、

「…………はぁ」

頼んでいたものが届いたというのに、うれしそうではなく、むしろ残念がっているように息をもらすシャロンに、メイドはふり返った。

シャロンは苦笑して、

「以前、探していた本が見つからなかったから、もしまた入荷するようなことがあれば届けてほしいと頼んでいたんですわ。けれど、そのあと、別の書店でその本を見つけて、もう持っていますの。注文をとり消すのを忘れていました」

「……不要であれば、処分いたしますか？」

気を利かせていってくれたメイドに、そこまでする必要はない、と応《こた》える。メイドは一礼し、部屋から出ていった。

頼んでいたのはシャロンが好きなロマンス小説だった。

お気に入りの作家が、過去に別名義でだしていたという作品で、現在ではなかなか手に入れられない幻の逸品と呼ばれているものだ。本当なら喜んでいいはずだが、二冊目ともなればそうもいかない。

せっかくだから本棚には並べておこう、とシャロンは小包を解いていく。

そして、包みのなかから本の表紙が覗《のぞ》いたとき、

「あら？」

とシャロンは不思議そうな声を出した。……頼んでいたものと違いますわ、と呟く。

包まれていたのは、見知らぬ作家の見知らぬ小説だった。

本来は、別のひとに届けるはずのものが、間違えて自分に届けられたのだろうか、と思う。

だとすれば、書店に返したほうがいい。

そう思って、シャロンが本を包み直したとき、また扉がノックされ、声がした。

「お嬢さま、よろしいでしょうか」

先ほど出ていったのとは、違うメイドの声だ。どうぞ、と伝えると扉が開いて、入ってくる。

メイドはシャロンに一礼し、

「シェリル様がお呼びです。書斎まで来られるように、と」

「おばあさまが？　わかりました」

すぐに向かう、とメイドに伝える。

部屋からメイドが退出したあと、シャロンは手に持った本の包みを一度見やり、鏡台の前に置いて立ち上がった。メイドに本を預けようかとも思ったが、書店宛《あ》てにメッセージも添えておきたい、と考える。以前、頼んだ本の注文はキャンセルしたい、と。

（では、この本のことは、またあとで――）

そう決めて、鏡で髪や服装に乱れはないか確認する。どこも問題はなし。

だが、やはり鏡に映るシャロンの顔はどこか浮かぬげで……、

自分は、――――なのかもしれない。


頭から離れない考えに、鬱々《うつうつ》と気分が沈む。けれど、

（こんな表情、おばあさまには見せられませんわ）

ぷるぷると首を振り、にっこりと笑顔を作る。これでよし、と頷き、シャロンは自室から出ていった。そして、無人になる室内。

数分後、そこに。

「シャロン、私だ！」

ばーんっ、と。

礼儀作法などまるで感じさせない無遠慮さで扉が開き、ひとりの少女が部屋に入ってきた。

部屋に入るなり、ふんぞり返る。その尊大な声と態度は、紛れもなくアリスだった。

「うまい菓子が手に入ったというから、わざわざ私から出向いてやったぞ――ん？」

空っぽの室内に、アリスは首を傾げる。

ずかずかと中央まで進み、苛立《いらだ》たしげに腕組みをして、

「なんだ、ひとを呼んでおいて留守とは！」

声を荒げ、室内を見回す。

ふとその目が、鏡台の前に置かれた小包みを捉《とら》える。それが菓子の箱か！　とアリスは、ぴょんと跳ねて鏡台の前に移動し、手にとった。どうせこれから食べるものなら、自分が開けてもかまうまい。そう思って包み開く。

だが、なかから出てきたのは、菓子箱ではない。

一冊の本だ。

違うとわかり、アリスは「むぅ」と不満そうな声をもらした。

シャロンが本を――、とくに〝ろまんす小説〟とやらを好きなのはアリスも知っていた。

以前、熱心にそのよさを教えられたこともある。それは〝乙女心〟と〝胸きゅん〟のバイブルであり、甘酸っぱさがいっぱいに詰まったものである、と。あのときのシャロンはすごい迫

力だった、とアリスは思う。

自分のことを〝シャロンお姉様〟と呼べといわれたが、まったく意味がわからなかった。

ただ、仕方ないのでそう呼ぶと、シャロンは身もだえして喜んでいた。

……まったく意味がわからない。

「む～、わからん。こんなものより、食べられるもののほうがいいだろう」

ぼやくように呟いて、アリスはつまらなそうな顔で本のページをめくる。

ぱらぱらとページをめくる手が、ふと止まった。

そこは挿絵のページだった。

「？？？　……これは……？」

アリスは、きょとんと首を傾げて考えこんだ。

3

「あら、アリスさん」

祖母であるシェリルとの話には、たいして時間はかからず、シャロンが自室に戻ってくると、そこにはアリスがいた。

アリスは部屋の奥で、窓に向いて立っていた。シャロンが声をかけると、ひどく驚いた様子で弾《はじ》かれたようにふり返り、

「しゃ、しゃ、シャロン⁉　おまえ！」

ごきげんよう、とシャロンは如才なく頭を下げ、部屋の置き時計を確認する。

「早いお着きですのね、まだ約束の時間には一時間もありますけれど」

アリスが喜びそうなお菓子を手に入れたので、よかったらお茶でもどうか、と『パンドラ』に使いを出したのだった。メッセージの文面では、オズとギルバートも一緒に誘っておいたが、二人の姿は見えない。

「アリスさん、オズ様たちは？」

「えっ、あああああの二人か！　あの二人なら、早く着いたから薔薇《ばら》園を見ていくとかで——」

アリス、そわそわ。

「……アリスさん？」

なにやら態度のおかしいアリスに、シャロンは不思議そうに呟く。オズとギルバートがレインズワース家の薔薇園を見ていることは問題ない。アリスだけ先にこの部屋に来ていることも、もちろん問題ない。だが、このアリスは、なにか、どこか変だった。

アリスは、シャロンの姿を見るなり、じりじりとすこしでも距離をとろうと後退する。だが、すぐに背中が窓ガラスに付いて、それ以上、退けなくなっていた。

シャロンは『？？？』と頭上にハテナマークを浮かべる。

（なんでしょう？　ずいぶん緊張なさっているようですけれど……）

いや、緊張、というよりも。

（警戒？　怯《おび》えていらっしゃるのでしょうか？　なにに？　私に？）

でも、なぜ。

アリスは、シャロンを見ながらも、ちらちらと視線をそらしている。視線の先をたどると、壁際に置かれたソファの上に一冊の本が転がっている。

シャロンが包み直し、鏡台の前に置いていったはずの本だ。

はは一ん、とシャロンは、こっそり笑みをもらす。

ひとがいない間に、こっそり包みを開けて中身を見ていた。元に戻す前に部屋の主《あるじ》が帰ってきたので、アリスは焦っているのだろう。怒られるのではないか、と。

アリスは、そんな殊勝な性格だっただろうか、とシャロンはちょっと怪訝《けげん》に思ったが。

この反応はそれ以外、考えられなかった。

「ふぅ、アリスさん?」

呼びかけると、それだけでアリスは、びくっと体を震わせる。

そして、びくびくと許しを請うような目で、シャロンを見やる。ちょっと涙目になって。

(――あら、かわいい☆)

内心で、そんなことを思うシャロン。

もとより、普段の尊大な言動で打ち消されているが、アリスの容姿は可憐《かれん》に整っている。

縮こまった姿は、リスやウサギといった小動物のように愛らしい。

(怒りはしませんが、注意くらいはしませんとね)

規律やマナーに縛られないのは、アリスのいいところでもあるが……。

シャロンはソファに歩みより、本を手にとって脇《わき》に避けた。そして、ソファに腰かける。

ぽんぽん、と自分の横を叩《たた》き、アリスを手招いた。

(これはアリスさんのためですわ。オズ様は、彼女を少々奔放にさせすぎですから)

そう、これは、けっして怯えるアリスがかわいくて、ちょっと悪戯心《いたずらごころ》が湧《わ》いた——とか。

そんなことではないのだ。

「さ、アリスさん、ちょっとこちらへ」

にっこり笑ってシャロンは促す。だが、アリスは首を振って、

「い、いやっ、しかしだな」

「……アリスさん？」シャロン、さらににっこり。

「…………………………」

おずおずと、びくびくとアリスはソファに歩みよってくる。ちらちらと本を気にしているのも変わらない。こそこそと、すこしでも距離をとろうとソファの端に座るアリスに、シャロンは、ずいっと体を寄せて間を狭《せば》めた。

うぁ、と小さく悲鳴を上げるアリス。

過敏な反応に、シャロンはやや悲しげに眉《まゆ》をひそめ、

「そんなに怯えられると、私、傷つきますわ」

「そ、そんなつもりはない！　な、ないのだが、そのっ、だな……」

必死に弁解するアリスに、シャロンはくすくすと笑う。

「冗談ですわ♪　——さて」

ちょっと声のトーンを落としていうと、アリスはさらに縮こまる。

「本、見てしまったんですのね」

「うう……」

「ひとのものを勝手に盗み見てしまうなんて、マナー違反ですわよ」

「だ、だがっ」

「さて、どうしましょうか？」

囁《ささや》くようにいって、シャロンはアリスに顔を近づける。アリスは、どう反応すればいいかわからないといった様子で、戸惑った顔をしている。そんなアリスを、また『かわいい』とシャロンは思った。……心が、むずむずしてくる。

ちょっと悪戯したくなる。

(もし、私にアリスさんのような妹がいたら、毎日、楽しいでしょうね)

しみじみとシャロンは思った。

それはきっと愉快で、騒々しくて、退屈しない日々だろう。

シャロンは、アリスに顔を寄せながら、

「アリスさん――」

「な、なにをする気だ、シャロン！」

「お姉様と」

「へっ？」目を白黒させるアリス。

「お姉様と呼んでくださいな」

なんというか、徐々にエンジンがかかってくるシャロンだった。

「はじめてではないでしょう、さぁ」

シャロンの声は、けっして脅すものでなく、むしろ優しく慈しむような口調だ。

だが、だからこそ怖い、ということもある。

アリスは、そんなシャロンの柔らかなプレッシャーにあっさり屈して、だが、戸惑いはにじませながら、おずおずと従った。

潤んだ瞳《ひとみ》でシャロンを見やり、消え入るようなかすかな声で、

「お、お姉様……」

（きゃ〜〜〜〜〜〜〜〜〜〜〜〜〜〜〜〜〜〜〜〜〜〜〜〜〜〜〜〜〜〜〜〜〜〜〜っ☆）

やっぱり何度いわれてもいいものですわ！　とシャロンは胸のうちで歓喜する。

あからさまに表情には出さず、ふふ、とうっすらと笑って、

「いけない子ですわね、アリス。ひとのものを勝手に、なんて」

何気なくアリスを呼び捨てにするシャロン。すっかりノリノリだった。

「そんな貴方《あなた》には、おしおきしなくてはね？」

「おしおきっ？」

おののきの声を上げるアリスに、さらに顔を近づけ、ええ、と告げる。だが、それより先は実はノープランで、さてどうしましょう、とシャロンは考える。くすぐり攻撃でもしようか、それとも頬《ほお》をぷにぷに突くとか……それは気持ちよさそう、と思う。

「ううう……」

不安、恐れ、そして、悩み。

そんなものを滲《にじ》ませてアリスは唸《うな》っていたが、やがて、ぎゅっと目をつむった。

もう逃げられない、と観念した様子だ。と思うと、アリスは弾けるように勢いよく、大きな声でいった。

「わ、わかった！　私を好きにしろ！」

そして、かっと目を開いて正面からシャロンを見つめて——というより睨《にら》んでくる。

覚悟完了している、まっすぐな眼差《まなざ》し。

（……………えっ？）

今度はシャロンが戸惑う番だった。

まさかアリスが、そんな態度に出てくるとは想定していなかったのだ。辛うじて表情には出さなかったが、内心、シャロンは酷《ひど》くうろたえる。

さらに、続くアリスの行動にシャロンは目を疑った。

アリスは、いきなり自分の上着に手をかけ、胸もとをはだけさせた。すべらかなアリスの肌が大胆にさらけだされる。アリスの表情は真剣そのもの。さながら、死を覚悟して戦地に赴く兵士のそれだった。

高揚か、羞恥《しゅうち》によるものか、ほのかに赤らんだアリスの肌がシャロンの目に飛びこむ。

「ななにをしてるんですの、アリスさん⁉」

さすがに平静をなくして声を上げるシャロン。あまりに想定外、あまりに予想外。

まさかアリスに被虐嗜好《しこう》があるとも、思えないのだが——。

アリスは『こうなったら、もう止まらない！』とでもいうように、ぐわっとシャロンに迫ってくる。

「こっ、これでいいのだろう、お姉様！　さぁ、こい、お姉様、お姉様、お姉様！」

「ちょ、ちょちょちょちょちょ、ちょっとお待ちになってください、アリスさん！」

せっかくの〝お姉様〟連呼にも喜ぶ余裕などなく、のけぞるシャロン。

完全に攻守逆転していた。

シャロンは混乱の極みにあった。わけがわからない。

（どど、どういうことですか、アリスさんが私を……ゆ、誘惑している——っ!!）

ソファの上、迫るアリス、退くシャロン。

だが、あっという間に端に追いつめられる。シャロンの腕をアリスの手が掴《つか》み、ぐいっと引きよせられる。逃れようにも、体力勝負ではシャロンはアリスに勝てない。確か、自分はアリスにマナー指導をしようとして、ちょっと悪戯心を出しただけなのに、どうしてこんなことになっているのか、シャロンは理解不能。

……悪戯心への天罰だろうか？　とちらっと思った。

アリスは、シャロンの手をはだけた自分の胸元へと導いた。熱っぽい、真摯《しんし》な声で、

「さぁ、シャロン……っ」

ぺとり、とシャロンの掌《てのひら》がアリスの肌に押し当てられる。

（あっ、すべすべ——じゃなくて！　こらっ、私！）

思わずアリスの肌の感触に感心して、そんな自分にツッコミを入れるシャロン。

まったく理解不能だが、とにかくアリスは本気だ。そうとしか見えない。

アリスは色気より食い気、恋愛ごとには無縁、無関心だとばかりシャロンは思っていたが。

（いままで気づかなかっただけで、アリスさんは〝そっちの気〟の方だった……⁉）

シャロンの頭のなかは、混乱の渦。

アリスが〝そっちの気〟であることを、オズは知っているのか。知らないなら、教えたほうがいいのか、いや、これはデリケートな問題であって……。シャロンはどうすればいいかわからない。とにかくアリスになにかいわなくては、と思う。

だが、なにをいえばいいのか。のんびり考えている時間はない。とにかく、まずは——、

「待ってください、アリスさん！」

シャロンは制止した。ちゃんと話さなければいけない、と思う。

誰かを好きになる、その形に間違いなどない。アリスに好かれることは、とてもうれしい。

だが、その気持ちに応えることはできない、と。

「ほら、シャロン！　いや、お姉様！」アリスの耳にシャロンの声はまるで届いていない。

「だから、アリスさん……っ」

「私を〝食え〟！」

「〝く〟っ⁉」ぽかんっ、と赤面するシャロン。

「そうだ、あの——本のように！」

びしっと、アリスは、とっくにソファから床に転がり落ちていた本を指さす。

（…………………………………………………………………………………………は？）

混乱をとおりすぎ、シャロンの頭には、莫大《ばくだい》な空白。

なんのことかと、シャロンはアリスに腕を掴まれたまま、身を捻《ひね》って床の上の本を見やる。

落ちた拍子に、本はページが開いていた。

偶然にも、アリスが見た、あの挿絵のページが開かれていた。

シャロンの目が、細緻《さいち》に描かれた挿絵を捉える。

一瞬で、シャロンの脳が沸騰した。

(女性同士が、キス……っっ!!!!)

「わかっている、私ならもうぜんぶ知っているから、大丈夫だ!」

力強くいうアリスからなんとか逃れて、シャロンは本を手に立ち上がる。挿絵の隣のページの本文を見やる。綴《つづ》られているのは女性二人のやりとり。口づけを交わし、熱烈な思いを伝え合っている場面。いや、本文中において、それはキスだけでは止《とど》まらなかった。

なんというか、それは。

この本は。

(『禁断の恋愛小説』……!!)

くらくらと目眩《めまい》を覚えるシャロン。

しかも、登場人物である女性二人は、どこかの一室の、ソファの上でいちゃついている。

さらに、年上の女性が、年下の女性に、自分のことを『お姉様』と呼ばせていた。

ようするに、現在のシャロンとアリスと、

カ　ブ　り　ま　く　り

だった。

すぐにでもアリスに説明しなければ、とシャロンは思う。

違うのだ、これは自分のものではなく、誰か別のひとのものが間違って自分のもとに届いただけで。けっして、自分にこんな嗜好があるわけではないのだ、と。シャロンはアリスに顔を向ける。

と同時に、なにかひっかかった。

以前、シャロンがアリスにロマンス小説を見せたとき、挿絵のキスシーンを見ても、アリスは意味がわかっていなかった。

その手のことにはまったく疎い、それがアリスのはずだった。

そのアリスが、この本を一見して理解できた……というのだろうか？

(変……ですわ)

内心で訝《いぶか》しむシャロン。アリスはそんなシャロンを気遣うような、励ますような声で、

「安心しろ、誰にもいわん。しかし、大変だな……」

アリスは、そこでわずかにいい淀《よど》み、

「〝チューチュー・スイトルーノ病〟とは……治療法、見つかってないそうじゃないか」

「？？？　チュ……なんですって？」シャロン、きょとん。

「世にも珍しい奇病だそうだな、〝チューチュー・スイトルーノ病〟」

「……なんですの、そのバカくさい病名は」

「生きものの精気を吸わないと、生きていけない奇病に罹《かか》ってるのだろう？　シャロンは」

アリスがなにをいっているのか、シャロンは完璧《かんぺき》に意味不明だった。

だが、続くアリスの言葉で、なにもかもがわかった。シャロンは、わかってしまった。

アリスは告げる。

「ピエロから、教わったぞ」

（あ～…………そういうことですか）

一気に顔の火照《ほて》りは冷め、それどころか体温がすっと下がるのをシャロンは自覚する。

いきなりシャロンのまとう空気が変わったことに、アリスは怪訝に眉をよせた。一瞬、ほの暗い空気をまとったものの、シャロンはすぐににっこり笑ってアリスを見やる。そして、アリスに一切合切を話すように促す。

そして、聞きだしたアリスの話は、おおよそシャロンが想像したとおりだった。


――シャロン、私だ！

ばーんっと扉を開け、部屋に入ったアリスは、鏡台の前にある本の包みを菓子箱と思って手にとり勘違いだとわかって落胆した。そして、なんの気なしにページをめくると目に飛びこんできた一枚の挿絵。

生まれたままの姿の女性ふたりの絵、年若い娘が、年上の女に組みしかれている構図。

アリスはきょとんとした。

シャロンが思ったとおり、ある意味高度なその内容の意味を、アリスは、十分に理解できなかったのだ。だが、そこへ、

――やぁ、アリス君。いらっしゃイ～。

まるで空から降ってきたように、窓枠に足をかけ、ブレイクが外から入ってきた。

いきなりの登場に驚いて、アリスの手が本から離れた。開いていたページを下にして、本が床に落ちる。

にこやかに手を振ってくるブレイクに、アリスはたちまち警戒心まるだしで身構えて、

――シャーッ、近づくなこのピエロめ！

だが、ブレイクは意に介した様子もなくアリスに歩みより、床から本を拾った。

警戒を解くことなく、アリスはその行動をじっと見やる。

ブレイクは開いていたページを眺めて、ほほう、と唸り、そして、いった。

――おやおやこれはこれは、……ふふ、下の娘が完全に〝食われ〟ちゃってますネェ。

食う？　と思いがけない言葉に、アリスは怪訝な顔をする。

そして、その言葉を理解して、勝ち誇った顔になり、

――ははっ！　ついに眼球が腐れ果てたかピエロめ。これのどこが食事をしているように見えるというのだ！

だが、そんなアリスにブレイクは冷静に、いえいえ、と首を振る。

――アリス君、なにも口でムシャムシャかぶりつくだけが、〝食べる〟ということではあり

ませんヨォ。

ブレイクの語りに、アリスは警戒心などあっさり吹っ飛び、それはどういうことだ？　と興味津々で耳を傾ける。

そして、ブレイクは緩急を付けた絶妙な語りで、真実味たっぷりにアリスに聞かせた。この挿絵は、肌と肌を触れあわせて、相手から生気、生命力を吸いとって食事しているのだと。自分好みの相手から吸いとった生命力は、それぞれは美味である、と。

聞き終えたアリスは、おおう……、と唸った。

触れるだけで生命力を吸いとるなど、〝チェイン〟にもできない。アリスは改めて本を自分の眼前に掲げ、じっと眺めた。

そして、厳粛な面持ちでいった。

——…………まさか、シャロンは、こんな話も好きなのか……。

——好きというよりも……参考にしているんですヨ。

——さん、こう？

アリスは、なんだか嫌な予感がしながら、くり返す。ええ、と頷くブレイクの表情は沈痛そのもの。その本を見られたからにはしかたないが、他の方には内緒にしてほしい、と重く前置きをして、

——お嬢様も、同じ体質の持ち主で、悩んでいるのですヨ。

ごくり、とアリスは唾《つば》を飲み、そうだったのか、と乾いた呟きをもらした。知らなかった。あまりに重い事実に、アリスは言葉をなくす。

ブレイクは、手で顔を覆って俯《うつむ》き、ふるふると肩を震わせていた。シャロンを思って泣いている、とアリスは思った。

やがて手を離して、ブレイクはアリスに忠告してきた。

——体質、というより、病といったほうがいいですネ。何万人、何十万人にひとりしかいないという、珍しい病にお嬢様は苦しまれているのです。だからこそ、治す手だてはないし、できるならひとに知られたくないとお嬢様は思っている。だから……。

そこまでいって、ブレイクは懇願するようにアリスに告げた。

——お嬢様が、きみを食べようとしたら、受け入れてあげてくれませんか？

と。

落雷を受けたように、アリスは、ずどーんとショックを受けた。混乱し、激高して、

——ふざけるな！　ななな、なんで私が、あの女のために、そんなことをしなければならないんだ!!　私の知ったことか！

食われるなどお断りだ、という心境だった。ぷいっと顔を背《そむ》けたアリスを、ブレイクは、じっと見つめる。

その眼差しには、押しつけがましい色はない。

ただ、静かにアリスを見ているだけだ。

だが、アリスはブレイクの視線から逃れるように、ふんっと鼻を鳴らして、目を閉じた。

……謎《なぞ》の病気、それに苦しんでいるシャロン。

だが、病気のことは、ごく近しいものしか知らず、普段、シャロンはそれを隠して平然とふ

るまっている。

もちろん、だからといって、アリスが自らの生命力を与えてやらねばならない道理はない。

当たり前だ。お断りだ、と思う。

そう思うのだが、アリスの胸には、ちくちくと原因不明の痛みが生じていて。

やがて、アリスは目を開き、おずおずとブレイクを見やる。

——そ、それは……食わせる、ではなく、私が頬を食ってやる、ではダメなのか？　元気になるんだぞ？

気持ちはうれしいが、とブレイクは悲しげに首を振った。それではダメなのだ、と。

アリスは追いつめられた小動物のように、

——び、病気というのは同情する。だがっ、わ、私は、今日はただあの女に呼ばれて……。

——呼ばれタ？

——そうだっ。おいしいお菓子があるからって。こっ、この部屋には見あたらないが。

——……なるほど。

アリスの訴えを聞き、ブレイクは意味深に呟いた。そして、

——いや、あるヨ。むしろ、ちょうど届いたころ、というべきカナ。

ブレイクは、アリスを見つめていった。聞くものの胸を不安にさせるような声で、

——ここに、ネ。

とアリスを指さす。

思わず、アリスは恐ろしい怪談を聞かされたように悲鳴を上げそうになったが、それより先

に、さっとブレイクは表情を鋭くして、お嬢様が戻ってくる、と告げた。そして、身を翻《ひるがえ》し、入ってきたときと同じように、窓から出ていった。

去り際の最後に、懇願する響きの言葉を残して。

――〝チューチュー・スイトルーノ病〟、それがお嬢様の病名です。お願いします、アリス君。大丈夫、死にはしませんカラ……。

一陣の風のような去り方だった。アリスはブレイクが出ていった窓を呆然《ぼうぜん》と見るしかない。

そこに、シャロンが入ってきたのだった。

「――と、いうことだ」

ひとに上手《うま》く説明するのが苦手なアリスは、話し終えると、ふう、と一息ついた。

「…………………」

耳を傾けていたシャロンは無言、無表情。どうしたのか、とアリスが様子をうかがうように顔を覗きこむと、にっこりとシャロンは笑った。

「そうでしたか」

「……う、うむ」気圧《けお》されて、アリスは頷く。

「アリスさんは、私を心配してくださったのですね。ですが、まったく心配無用です。アリスさんは、からかわれただけですわ」

からかわれていた？　とアリスは、ぽかん、となる。

ほけーっとシャロンを見返すこと、しばし。

と思うと——、

「もちろんっ、気づいていたがな⁉」どーん、と偉そうに胸を張った。

両手を腰に当て、ふははは、と高笑いまで上げたが、そのさまは滑稽《こっけい》で愛らしく、シャロンに楽しげな微笑《ほほえ》みを浮かべさせるだけだった。ふふふ、と上品な笑みを浮かべているシャロン。だが、その背後に『ごごごご……』と黒色のオーラが滲みだしている。

そんなシャロンの様子には気づかず、アリスは、

「わ、私は心がひろいからなっ、あのピエロのくだらない話に、あえて乗ってやったというわけだ、本当だぞ、あ、それと、私はおまえのことを心配していたわけではないからなっ、違うからな！」

あたふたと身振り手振りも加えて必死にアピール。

「アリスさん」

わかりましたから、というようにシャロンはアリスを制した。それは、あくまで穏やかな口調だったが、思わずアリスは口をつぐむ。

シャロンはソファから立ち上がった。優雅で、丁寧な動作——、なのに、それは不穏な物々しさを漂わせていた。

シャロンは申しわけなさそうな顔で、アリスに頭を下げる。

「……アリスさん。おもてなしもできずに申しわけありませんが、今日は、もうおひきとり願えません？　オズ様たちには、あとで私から説明いたしますわ。残念ですが、お茶会は、また日を改めて、ということに」

唐突で説明不足な延期宣言だった。だが、

「——う、うむっ」

アリスは、素直に従ってシャロンの部屋から退散した。

4

「アリスちゃん？」

シャロンの部屋を出たアリスは、レインズワース家の玄関ホールに差しかかったとき、背後から声をかけられた。「ん？」とふり向くと、車椅子に座った老女がいた。使用人に車椅子を押されている。

その老女にアリスは見覚えがあった。何度か見かけたことがある、レインズワース家の当主シェリルだ。シェリルは、ケープをかけた膝《ひざ》の上に、上品にラッピングされた大きめの紙箱を乗せていた。

「む、なんの用だ」

「ごめんなさいね、うちのシャロンちゃんったら。お招きしておいて、もてなしもせず」

そして、これを、と紙箱を差しだしてきた。

「これは?」シェリルに歩みより、受けとってアリスは呟く。

「シャロンちゃんが貴方に出そうと考えていたお菓子よ。うちが贔屓《ひいき》にしている洋菓子店の新作だそうで、自慢のマロンケーキなんですって。よければ、『パンドラ』に持って帰って、みなさんでどうぞ」

「……ほう、ケーキか」

くす、とシェリルは笑い、

「お肉のほうが、うれしかったかしらね、貴方には」

「当然だ。甘いものも嫌いではないが、どちらがいいかと聞かれれば肉に決まっている」

堂々の肉派宣言。だが、とアリスは思案顔になる。

オズは甘いものが好きで、持っていってやれば、きっと喜ぶだろう。持っていってやった自分に感謝するだろう——。そんなことを考え、アリスの頬が、わずかにゆるむ。

むん、とアリスは胸を張り、

「まあ、どうしてもというのならもらってやらないこともないぞ」

「ええ、もらってくれるとうれしいわ」

ころころと笑うシェリルは、あどけない子供のようだった。だが、ふと表情を陰らせて、シェリルは上方をふり仰ぐ。シャロンたち、館で暮らすものの私室がある階上を見やって、小さく吐息を漏らす。

「まったく、ザッ君にも困ったものね。けれど——」

そこで、シェリルはアリスへと視線を移し、

「貴方のおかげで、シャロンちゃんもすこしは元気になったようだわ。ありがとう」

「元気？　やっぱりあの女は病気だったのか？」

心配そうな声でアリスはいい、シェリルは、いえいえと首を振った。

「とっても元気よ、うちの孫娘は。そうね、ちょっと……心の病気のようなものには罹《かか》っていたようだけど、それもアリスちゃんのおかげで大分よくなったようだし。でも、心配してくれてありがとう」

「む、いや、私は別に……」

照れたように、アリスはもじもじする。そんなアリスにシェリルは『あら、かわいい☆』と頬を綻《ほころ》ばせる。さすが血筋というべきか、その様子はシャロンと似ていた。

ふとシェリルは、いいことを思いついたように、

「アリスちゃん、よかったら、うちの子にならない？」

「……は？」目を丸くするアリス。

「うちの子になれば、お菓子もお肉も好きなだけ食べ放題よ」

「肉っ、好きなだけ食べ放題……!?」

恐ろしい攻撃呪文《じゅもん》を食らって、アリスは身震いした。よろめき、一歩あとずさる。シェリルは微笑んで「シャロンちゃんも以前、貴方を養女にしたいといっていたようだし」と付け加えたが、その言葉は意識を〝肉〟に埋めつくされたアリスには届いていない。

『肉、好きなだけ食べ放題』。

それはなんと甘美な響きの言葉だろう。アリスの気持ちは、ひとたまりもなくグラグラとゆ

れていた。あっさりと話に乗ってしまいそうだった。

そんなアリスを、シェリルはにこにこと見守っている。

だが、やがて、

「いや、ダメだ。それはできない」

アリスは、きっぱりといった。もう表情から迷いは消えている。

あら、と呟くシェリル。

「私がいるべきは、ここじゃない。ここじゃなくて——」

そして、告げられたアリスの言葉に、シェリルは残念がる様子もなく満足そうに頷く。

誘いは断られたが、「いつでもいらっしゃい」とシェリルはいい、アリスは「ふふん、気が向いたらきてやらんこともない！」と胸を張って応え、オズとギルバートのいる薔薇園に向かって歩いていく。

その後ろ姿を見送り、シェリルは楽しげに呟いた。

「さて、あとは——子猫ちゃんほうね」

5

「ブ——レ——イ——ク——っっ‼」

レインズワース家の一角、ブレイクの私室に踏みこむなりシャロンは声を上げた。

そのとき、ブレイクは窓辺から外を見やってカリコリと飴玉《あめだま》を囓《かじ》っていた。憤怒《ふんぬ》のオーラを

まとって乗りこんできたシャロンに顔を向け、にこやかに手を振って、

「やぁお嬢様、ごきげ――」

抜き手も見せず、シャロンはハリセンを一閃《いっせん》。ブレイクを吹っ飛ばす。

あまりの神速な一撃に、ブレイクは笑顔のまま壁に激突した。自室からここまで走ってきたシャロンは、はぁはぁ、と肩で息をしている。

ブレイクはありえない方向に首が曲がったまま、顔を上げ、

「ハハハ、さすがですネェ。この私が、受け身すらとれませんでしたヨ」

「そんなことはどうでもいいのです！　貴方は！　アリスさんに妙なことを吹きこんで！」

「楽しんでもらえましたカ？」

「そっ、そんなわけないでしょう！」反射的にいい返すシャロン。

ブレイクは、コキコキと首の角度を直しながら、あれェ？　と不思議そうに呟く。

「ずいぶんノリノリだったようですがネェ。アリス君に反撃されていたところは、少々ツメが甘かったたですが」

「ぶぶぶぶブレイク――――――――――――っ⁉」

あまりの羞恥に、シャロンの顔は火を噴きそうなほどに赤くなる。

「あ、あああ、貴方、ひょっとして、見て……⁉」

「いえ、テキトーにいってみただけデス。ですが、その様子だと当たらずとも遠からず――」

シャロンは、再度、ハリセンをかまえる。

口をふさぐには完全に息の根をとめるしかない！　と思っているかのように。だが、そんな

圧倒的なオーラを放っているシャロンに、ブレイクは平然と「ハハハ」と笑う。そして、なにげない口ぶりで、いった。

「まったく、〝運動音痴〟なんかじゃないじゃないですカ。悩む必要ないですヨ」

「———っ！」

シャロンは息を呑《の》み、愕然《がくぜん》とブレイクを見る。


『もしかして、私は、———なのでしょうか』

『もしかして、私は、運動音痴なのでしょうか』


ここ数日、シャロンを沈ませていた、ひそかな悩み。もちろん、誰にもいったことはない。

だが、あっさりとブレイクは続けた。

「ちょっと剣術がうまく覚えられないからと、気にすることありませんヨ」

(そこまで知られていた……⁉)

シャロンはあからさまに動揺する。

——そう、ここ数日。夜中にこっそり、本邸の人目につかないところで、剣術の練習をしていた。ひとりきりで。

なにも凄腕《すごうで》の剣士になろうと思ったのではない。ただ、シャロンは変えたいと思ったのだ。

普段、荒事となれば契約している〝チェイン〟に頼りきりな自分……、そんな自分の〝チェイン〟を封じられたときの非力さを、すこしでも変えたいと。

いざというとき、自分の身くらいは、自分で守れるように、と。

「――っ」

恥ずかしさや情けなさから、うっすらと涙目になって、シャロンはブレイクを睨む。

（そう、それくらいできないと、ブレイクの）

いえ、と思う。

（ザクス兄さんの隣に立って歩けないと、そう、思った、から――）

ザークシーズ＝ブレイク。

『パンドラ』の部下であり、レインズワース家の使用人であり、そしてシャロンが幼いころより長い時間、ともに過ごしてきた兄のような人物。身勝手で、秘密主義で、すこし目を離せば、すぐに独断専行に走る。

その彼とともにあるには、ただ守られて、後ろをついていくだけではダメだと。

そう思った、から。

ひとりで練習していることを知られるのも嫌だったし、
それがうまく行ってないことまで知られているのは、もっと嫌だった。
情けなくて、恥ずかしかった。
「もしかして、バレてない、とか思ってましたカ？」

ブレイクの声は、けっして揶揄《やゆ》するようなものはなく、暖かみのあるものだった。

だが、だからシャロンはもっと居たたまれない気持ちになる。この場から逃げだしたくなるような思いを堪《こら》えて、小さく、頷いた。

「知ってますヨォ。みんな、心配してるんですから。ケガしやしないかってネ」

「みんな⁉」

まさか、と驚くシャロン。みんなというのは、どのくらい〝みんな〟なのだろう、本当にみんな？　この本邸のひとり残らず？　誰にもバレないように、夜の遅い時間に、場所も慎重に選んで、行っていたというのに？

「はい、この本邸のひとり残らず。もうここ数日は、その話題で持ちきりだったんですが」

「…………知りませんでしたわ」

愕然と告白するシャロンに、「あはははは」とブレイクは楽しげに笑う。

シャロンはがっくり床に膝をついてしまいそうなほど、ショックを受けていた。

はっと我に返り、

「ということは、おばあさまも――」

その言葉には、ブレイクではなく、扉のほうから本人の声で答えがあった。

「もちろんよ、というか最初に気づいたのは私」

「おばあさま！」弾かれたようにシャロンはふり向く。

車椅子に座ったシェリルが、使用人に押されて、そこにいた。にっこり笑ってシャロンに片手を振っている。

その姿を見ると同時に、シャロンの脳裏に、祖母に呼ばれて交わした会話がよみがえった。


——いらっしゃい、シャロンちゃん。

——はい、おばあさま。どういったご用でしょうか？

——いいえ、たいしたことはないのよ。ちょっと聞きたいことがあって。

——聞きたいこと？

——ええ、最近、館の敷地に猫が出るのは知っている？

——猫、ですか？　いえ。

——どうやら子猫が、エサを捕る練習でもしているようなのだけれど。

——エサを捕る練習……。

——ちょっと気になっていてね。知らないかしら。

——ええ、私は……。


「ああ、そういい忘れてたわね」

呆然となっているシャロンに、シェリルは親しみを感じさせる笑みを向けた。

「その子猫ちゃんが出るのは、決まって夜の遅い時間なのよ」

穴があったら入りたい、というのは、まさにいまのシャロンの気持ちだった。これ以上ないくらい赤面している孫娘に、シェリルは穏やかな表情になる。かと思うと、ブレイクへとやや咎《とが》めるような目を向けた。

「ザッ君。シャロンちゃんを気分転換させてあげたいって考えるのは、いいけれど」

なんのことだろう？　とシャロンは思う。

「ひとを利用するのは、ちょっとやり方がよくなかったわね」

「…………いやァ、なんのことやら」

ははは、とブレイクはわざとらしいごまかし笑いを浮かべる。

ということは。アリスに妙なことを吹きこみ、シャロンをからかった。それは落ちこんでいるシャロンの気分を、無理やり上げさせるためだったと――。

そういうことなのか、とシャロンは思う。

……どちらにせよ、素直にありがとうという気にはなれなかったが。

仮に気遣いだったとしても、

(どうせ、楽しんでもいたはずですわ。ザクス兄さんなら)

ほう、とシャロンは嘆息をもらす。

「――――しょうカ？」

ブレイクがなにかいったが、自分の思考に沈んでいたシャロンは、聞きもらしていた。

え？　と顔を向けて、問い直す。

「ブレイク、なにか？」

「ですカラ」ブレイクは片目をつむって「私《ワタシ》でよければ、お教えしましょうカ？　と」

剣術を。

反対されるかと思っていた。それはブレイクだけではなく、レインズワース家の誰もが、貴

方は剣をふるう必要などないと、そういうかと思っていた。

ケガを心配されるだけだろうと。

だって、とシャロンは、ちょっと恨みがましく思う。

(以前、はじめて料理をしたときも、すこし指先を切っただけで、それ以降、ブレイクは私に包丁を持たせてくれなくなりましたし――)

だが。

「あら、それはいいわね」

シェリルまでがブレイクに賛同する言葉を口にして、シャロンは途方に暮れるような、落ちこむような、そして……うれしいような、いくつもの感情が混ざった複雑な気持ちになった。

なんという空回りだろう、と思う。

ブレイクは剣の達人だ。彼に教われば多少は腕も上達して、自分の才に悩むこともなく、誰にも心配などかけなかったかもしれないのに。

巻きこんでしまったアリスに、今度、謝らなくては、と思う。

「そうですね、ブレイク。きっと最初から、そうすればよかったんですわ」

そう、最初から、ブレイクに教えを請えばよかった。

身勝手で、秘密主義で、すこし目を離せば、すぐに独断専行に走る――それがブレイクへの評価のはずだった。だが、自分にも当てはまる、と今回の一件を思って、シャロンは恥ずかしくなった。

シャロンは軽く呼吸を整える。素直にお願いしよう、と決めてブレイクを見やった。

ブレイクはにっこり笑って、

「ただし、すこしでもケガをするようでしたら即行でやめさせますけどネ」

シャロン、愕然。

「余計にハードルが上がってる気がしますわ⁉」

やっぱり自分を子供扱いして、と内心で憤る。

身勝手で、秘密主義で、すこし目を離せば、すぐに独断専行に走る——ブレイクへの評価。

でも、それだけでもなくて。

（ザクス兄さんは……）

評価に、もうひとつ付け加えなくてはいけない、とシャロンは決然と思う。

（ザクス兄さんは、〝過保護〟なんですっ！）

だからこそ、守られるだけでなく、並び立てるように剣術を覚えようと思ったのに。

こういうのを、本末転倒というのではないのか。

いつか見ていなさい、とシャロンは思う。いつか、きっと、守られるだけではない自分を認めさせてみせる、と。ブレイクを「ぎゃふん」といわせてみせる、と。

お嬢様《シャロン》は、燃えていた。


そして、そんなシャロンの一方で、シェリルとブレイクは、

——まだすこし危なっかしいところがあるものねぇ、シャロンちゃんは。

――ええ、目を離せませんヨ。

なごやかに、楽しげに、目と目で会話していた。

〜Fin〜

The Story
of
THE BARMAS

PINK CURSE

騒がしい日々

1

八ヵ月と二十二日。

これがなんの数字かというと、レイム＝ルネットの連続勤務日数である。『パンドラ』において事務処理をこなし、また四大公爵家のひとつバルマ家の当主ルーファス＝バルマに仕える身であるレイムは、日々膨大な仕事をこなしている。

迅速《じんそく》にして堅実な仕事ぶりでレイムは定評あり、とくに彼が作成する報告書は、その正確さと隙《すき》のない書面作りの美しさから評判が高かった。

とはいえ、レイムにすれば報告書とは、そもそも正確であり隙などなくて当然のものだ。いちいち誉《ほ》められるには値しないと思っている。

この八ヵ月と二十二日、レイムが報告書を作成しない日はなかった。

作成して、作成して、作成し続けた。

……そして、今日。

八ヵ月と二十二日のときをへて、レイムが得た本当にひさしぶりの休日。丸一日の自由。

それは、いってしまえば。

——今日は、いっさい報告書を作成しなくていい！

ということでもあった。

あったのだが。

「…………………」

『パンドラ』の制服に身を包み、レイムはバルマ家・本邸の玄関ホールに踏み入った。

出迎えてくれた使用人が、あれ？　と不思議そうな顔をする。今日、レイムが休日であることは、多くのものが知っている。そのレイムが制服姿で現れたことに、使用人は「どうされました？」と怪訝《けげん》な顔をして聞いてきた。

「ルーファス様のお呼びだ」

レイムは不満など欠片《かけら》も感じさせない眼差《まなざ》しを、メガネのレンズ越しに向ける。

「旦那様が……」

「なんでも、私に直々に頼みたい仕事があるらしい」

レイムが告げると、使用人は哀れみの表情を浮かべた。せっかくの休日なのに、と同情してくれているのだろうがレイムとしては余計な気遣いだった。果たすべき仕事があるなら休日などいくらでも返上する、その程度の覚悟はとっくにできている。

わざわざ自分が呼ばれたということは、自分でなくては果たせない仕事ということだ。

自分の力が必要とされたなら、応《こた》える。

それはレイムにとって当然のことだし、心からやりがいのあることだった。

「ルーファス様は、書斎か？」

「はい、おそらく」

「わかった。ありがとう」

丁寧にいって、レイムは玄関ホールから階上に伸びている大階段へと歩を進める。

階段を上っているとき、一週間前から綿密に練った休日のプランが、ちらりと脳裏を掠《かす》めたがすぐに追い払った。買いものに行ったり、読書をしたり。考えてみれば、どのみち、たいしたプランではない。

むしろ、呑気《のんき》に休日を過ごしているより、仕事をしているほうが自分らしい、と思う。

そんな自分に、レイムは小さく苦笑した。

(ザクスに話したら、からかわれるだろうな)

同じ『パンドラ』に所属していながら、いつも仕事しているか遊んでいるかわかりにくい友人の顔を思いだす。

やがて、レイムは階段を上りきり、長い廊下を歩き、ルーファスの書斎の扉の前に着いた。ノックする。

「ルーファス様、レイム＝ルネットです」

扉の向こうから、入るがよい、と促す声が聞こえる。真鍮《しんちゅう》製のノブに手をかけながら、レイムは頭の片隅で呟《つぶや》いた。

(そうだな、せめて——)

静かに扉を開く。

(今日は報告書を作成せずに過ごせればいい。まぁ『パンドラ』絡みでなければ不要だろう)

書斎に踏みこみ、一礼して主《あるじ》と向かい合う。

……そして。

ルーファスは、レイムに驚くべき言葉を告げた。

「このままでは、我は死ぬ。邪悪な呪《のろ》いによって」

は？　とレイムは内心で首を傾《かし》げた。

部外秘

++++++++++++++++++++++++++++++++

報告書（草稿）　○月×日　記録者：レイム＝ルネット

ルーファス様が死ぬらしい。呪いで。

記録者（以下・私）は、その要項をバルマ家・本邸、ルーファス様の私室で本人の口より聞かされた。

それが事実であるなら、バルマ家のみならず貴族社会全体に大きな影響を与える事件である。速やかな対応・対策立案が求められ、本件の担当にルーファス様が私をお選びになったのは、平時の事務処理能力の高さを買われてのことだと確信する。

当日、私がおよそ九ヵ月ぶりの休日であったことなど些事《さじ》であろう。久方ぶりの休日が確定し一週間前から綿密に立てた当該日のプランが水泡に帰したことなど、ルーファス様の信任をいただけたことに比べれば、あまりに小さい。

本件を担当することが決まった私は、初動として、その場でルーファス様からの聴取をとり行った。以下に、その内容を一問一答形式で記す。

Q．その呪いとは、どういったものですか？
A．それは名称を〝マハニの呪い〟というそうじゃが、詳しいことはわからぬ。だが、呪われたものは数日中に確実に死に至る、という。我は、まだ死ぬわけにはいかぬ。なんとかして呪いを解く方法を探すのじゃ。
Q．なぜ呪われたことがわかったのですか？
A．（首の折れた花瓶をとりだし）これは遠い異国で製作されたもので、我はこれを贈呈品として受けとった。そのとき、この花瓶は、本来〝マハニ〟と呼ばれる邪悪な儀式に用いられる祭器であり、不用意に扱い、破損・欠損させたものを呪い殺すと聞かされていた。このままでは我は死ぬ。さっさとなんとかするのじゃ。
Q．なぜ、そのように危険なものを受けとったのですか？　そのようなものを贈呈品として贈ってきた相手は、どんな人物だったのですか？　解答者はそのような人物を怪しまなかったのですか？　怪しまなかったとすれば、油断しすぎ――失礼しました。
A．くれるというものを拒む馬鹿《ばか》がどこにおるのじゃ。いかにも怪しい旅の行商人じゃったのう、なればこそ我は惹《ひ》かれて屋敷に招いたのじゃが。
Q．……もうすこし慎重になさってください。では、その行商人は。
A．探させておるが、見つかっておらん。……もし、ここで我の命が尽きるようなことがあれば、この先一体誰《だれ》がシェリルの車椅子を押すというのじゃ……！　許せん……許せんぞ、他の男があの取っ手《ハンドル》に触れるなど……。

※付記1・車椅子……、ご自分の生死が、組織にどれ程の影響があるかということも気にかけていただきたいものだ……。

Q. 私は仕える身であり、調査を任じられれば、それを断る理由はありません。

A. 当然じゃ。

Q. ですが、貴方《あなた》は四大公爵家のなかでも、情報・知識方面に突出したバルマ家の現当主であり——、

A. そんなわかりきったことを誉めずともよいわ。

Q. (咳《せき》払い）そのバルマ家当主にとって未知であることを、私が手探りで調べても成果が上がる可能性は低いと思われます。なにか呪いの解除方法の手がかりになるような事実はありませんか？　あるなら教えてください。

A. ある。

Q. それは？

A. ひとつは〝マハニ〟という名称そのもの。

Q. ……他には？

A. 〝ピンク〟。

Q. それは色彩における〝桃色《ピンク》〟のことですか？

A. ——さて。

以降、解答者は、質問者へ調査を急《せ》かすばかりとなり、ここで聴取は終了した。
※付記2・解答者からは、この一件は内密に調べるように、との要望があった。バルマ家のものや組織のものに、動揺が広がることを懸念されておられるのだろう。質問者は、それを了承し単身で調査を行う旨を解答者に伝えた。
※付記3・蛇足ながら本件に関する記録者の私見を記す。
……本来、ルーファス様は仮に呪いにかかったとしても、古今東西の呪術《じゆじゆつ》知識を駆使し、それを解除することに楽しみを見いだされるタイプである。本件とは異なるが、呪いをかけてきたものが〝人〟であった場合、その〝人〟が呪いをかけたことを後悔するほどの呪い返しを嬉々《きき》として行われるだろう。

そのルーファス様すら恐怖させる呪い。慎重に当たる必要があると思われる。

＋＋＋＋＋＋＋＋＋＋＋＋＋＋＋＋＋＋＋＋＋＋＋＋＋＋＋

2

バルマ家が誇る書庫、国立の図書館にも負けない蔵書量を誇る、その空間で、

「さっ…………ぱり、わからん！」

レイムは疲労の滲《にじ》んだ声を上げた。同時に、それまで読んでいた呪術方面の辞典を、どさっと放りだすように閲覧テーブルに置く。レイムが陣取ったその席には、すでに山のようにぶ厚

い文献が積まれていた。

あまりに一気に難解な書物を読みすぎたせいで、鈍い頭痛がしていた。

はぁぁ、とレイムは長めの吐息をもらす。

「〝マハニの呪い〟、か」

疲れた声で呟いて、レイムは周囲で塔をなしている文献を見やる。すこし休もうか、と思いながら、いや、と思い直し、まだ手をつけていない一冊をとった。

（ルーファス様のご様子……）

——我は、まだ死ぬわけにはいかぬ。なんとかして呪いを解く方法を探すのじゃ。

——このままでは我は死ぬ。さっさとなんとかするのじゃ。

いつもの声の調子ながら、そこからは、焦り、不安、恐れといったものが、かすかに、だが確かに感じられた。

……らしくない。それはレイムが知っている、ルーファスらしくない感情だった。

だが、それほどまでに〝自分の死を突きつけられる〟ことは重いのだ、ともいえる。レイムにはまだそんな経験はない。突きつけられたとき、自分がどうなるか想像もできない。やはり怯《おび》えうろたえ、とり乱すのだろうか。そうはなりたくないと思うが。

（だが、あのルーファス様でさえ……）

これまで主の弱点は、レインズワース家の当主シェリルだけだと思っていた。シェリル以外に、主を怯えさせられるものはないと。そう、レイムのイメージ上では〝自身の死〟さえ、そうだった。

（ルーファス様も、〝おひと〟なのだ。脆《もろ》い部分があられても、おかしくない）

そう思う。お救いしなければ、と背中に重圧感がのしかかる。レイムは自分の主を信頼している。その知識と深い見識、そして智略を。そのルーファスがいっていた言葉――〝マハニの呪い〟、その名称自体が手がかりになる。

〝マハニ〟。

M　A　H　A　N　I

レイムは頭のなかで、綴《つづ》りを思い描く。聞き覚えも、見覚えもない、奇妙な単語。

まさに雲を掴《つか》むような調査だった。

「レイムよ、調子はどうじゃ」

そこへ。

メガネを外し、目の凝《こ》りをほぐすように鼻の付け根を指で揉《も》んでいたレイムの前に、ひょいっとルーファスが顔を出した。

扇子を広げて口元を隠し、興味津々という目でレイムを見ている。

油断していたレイムは、がたっと椅子を鳴らしてのけぞった。あわててメガネを掛け直す。

「ルーファス様……」

「成果は上がっておるか、ん？」

「いえ、すみません」

レイムは恐縮する。なんだか茶目っ気のあるルーファスの表情に、怪訝に眉《まゆ》をひそめて、

「もう立ち直られているのですか？」

呪い殺されようとしていながら。

するとルーファスは一転、小馬鹿にするような顔をして、

「あえて気丈にふるまっていることに気づくことも出来んのか、この阿呆《あほう》が。そんなことだから汝《うぬ》は常にあの兄に勝てんのじゃ」

「も、申しわけありません」レイムは恥じ入って謝罪した。

ルーファスは、レイムを囲んでいる数多の文献を一瞥《いちべつ》し、ふむ、と吐息をもらす。

扇子を閉じ、その先でトントンと一冊の文献の表紙を叩《たた》いて、レイムに告げた。

「ここで情報が得られぬなら、『パンドラ』に行ってみてはどうじゃ？」

「『パンドラ』、ですか？」

「うむ。我がバルマ家には敵《かな》わぬものの、『パンドラ』の蔵書もなかなかのもの。加えて、あそこには多くの貴族がおる。聞きこみをすれば、思わぬ人物から情報が得られるかもしれんぞ。そうじゃな、四大公爵家の連中など珍しい知識を持っているやも」

なるほど、とレイムは思った。

バルマ家における調査でわからなければ、打つ手はない、と思っていたが。『パンドラ』の書庫にどれほど期待できるかはわからないが、四大公爵家のお歴々なら、なにか知っているかもしれない。レイムはルーファスに感謝を述べて、席を立つ。

「さっそく向かいます。――あ、ですが、その前に」

「なんじゃ？」

「一度、執務室に寄っていきます」

「？？？　なぜじゃ」さっさと行かないのか？　といいたげな顔のルーファス。

「ここまでの情報を、まとめておこうかと」

報告書、という形で。

どこに提出するアテもなくとも、報告書を作成するということは頭の整理に役立つ。レイムはルーファスの前から辞去し、執務室に入り、短時間で作成した。少々粗いものになったが、正式なものでもないし、と目をつぶる。

そして、作成を終えると、バルマ家から『パンドラ』本部に向かった。


時刻は、すでに夕刻。

今日、レイムの一日が、この件で忙殺されて消費されるのは、もう目に見えている。

だが、『パンドラ』へと歩むレイムの様子は、凜《りん》として陰りはなかった。

部外秘
＋＋＋＋＋＋＋＋＋＋＋＋＋＋＋＋＋＋＋＋＋＋＋＋＋＋＋＋＋＋＋
報告書２（草稿）　○月×日　記録者：レイム＝ルネット
『報告書１』の続報として、以下に記す。

記録者（以下・私）による、バルマ家・本邸、書庫における調査は芳しい成果を上げることができなかった。当該書庫にて膨大な文献を調査する私の前に、ルーファス様は来訪され、パンドラ本部に赴き、調査を続けるよう仰《おっしゃ》られた。パンドラの書庫にも多くの文献はあるが、バルマ家の蔵書と比べるなら期待は持てない。

だが、ルーファス様の意図は、別のところにあった。パンドラ本部にて、貴族の名家の方々に聴取を行ってはどうか、と。我が主よりの指示であり、異論を挟む余地などない。夕刻、私はパンドラ本部に赴き、書庫にて調査を行う傍《かたわ》ら、貴族の方々に聴取を行った。

聴取対象は、以下の方々である。

「ベザリウス家」
オズ＝ベザリウス
エイダ＝ベザリウス

「レインズワース家」
シャロン＝レインズワース
ザークシーズ＝ブレイク

「ナイトレイ家」
ギルバート＝ナイトレイ

ヴィンセント＝ナイトレイ
（エコー）
「その他」
アリス

※付記1・聴取対象が、以上の方々となったことに他意はない。『パンドラ』本部にて対面が叶《かな》った偶然性による。また、以上の方々との対話のすべてが有用だったわけではないが、後々の証拠・資料的価値を鑑《かんが》みて記載している。

以下に、その内容を一問一答形式で記す。記載順は、対面した順番である。

＋＋＋＋＋＋＋＋＋＋＋＋＋＋＋＋＋＋＋＋＋＋＋＋＋＋＋＋＋＋

レイムは『パンドラ』本部の一階で、オズを見かけた。

一階西側の長い廊下のなかほど、オズはなにかを探している様子だった。調度品として飾られている額縁の裏や、花瓶のなかを覗《のぞ》きこんだりしている。さほど必死な様子ではない。もとより期待せずに、一応、探している……といったふうだ。

なにを探しているんだろう？　とレイムは首を傾げ、オズに歩みよった。よければ手伝いたいところだが、自分にも使命があり、そうもいかなかった。

だが、話くらいは、とレイムは思った。——こちらとしても聞きたいことがある。

「オズ様」

とレイムは呼びかけ、歩みよった。


＋＋＋＋＋＋＋＋＋＋＋＋＋＋＋＋＋＋＋＋＋＋＋＋＋＋＋＋＋＋＋＋＋＋＋

●聴取対象：オズ＝ベザリウス
時刻　：17：20
場所　：パンドラ本部・一階・西廊下
特記事項：解答者は、当時、なにか探しものをしていた。

Q．なにか探しものですか？
A．うん。
Q．なにを探しているのですか？
A．アリス。
Q．……それは額縁の裏や、花瓶には入っていないのでは……。
A．どこかに、まだいないかと思って。先週のアレ、小さくてかわいかったから。忘れられないんだ。
Q．先週か……、アレは大変でしたね。
A．『パンドラ』のみんなに迷惑かけたのは、ごめん。

Q．オズ様が謝ることではないですよ。気にする必要ありません。
A．ありがとう。
Q．ところで、ひとつお伺いしたいのですが。
A．なに？
Q．〝マハニの呪い〟というものをご存じですか？
A．知ってるよ。
※付記2・解答者が、まさか〝マハニの呪い〟に関して知っていると想定していなかった質問者は、ここで動揺、しばし沈黙する。その質問者に対し解答者は促されずとも進んで話してくれた。感謝したい。
A．よく覚えてないけど、その呪いを解くには、複数のひとが必要だと聞いたことがあるよ。
Q．……そうですか。では、呪いに関連して〝ピンク〟に心当たりは？
A．さぁ。〝ピンク〟って女の子が好きな色だよね。
＋＋＋＋＋＋＋＋＋＋＋＋＋＋＋＋＋＋＋＋＋＋＋＋＋＋＋＋＋＋

オズと別れ、レイムは『パンドラ』の二階に上がった。

二階の廊下でアリスを見かけた。

アリスは鼻歌を歌いながら歩いていて、食べかけの〝スペアリブ〟を手に、ご機嫌な様子だった。鼻歌の合間に肉を囓《かじ》っては、ウキウキと満足げな顔をしている。

レイムに気づく様子はない。食べ歩きは感心しないな、とレイムは眉をしかめた。

（……オズ様が探していた、と伝えるべきだろうか？　だが、オズ様が探しているのは、〝この〟アリスではなくて、先週の〝あの〟アリスで……だが、オズ様の話によれば、〝この〟アリスも、〝あの〟アリスも同じものだと……ええい、面倒な）

レイムは、先週起きた〝あの〟騒動のことを思いだす。『パンドラ』本部がひっくり返るほどの騒ぎだった。そのとき本部にいたレイムも、当然、巻きこまれた。

……横に置いておこうとレイムは決めて、アリスに声をかける。

オズが〝マハニの呪い〟に関して知っていたことには驚かされたが、まさかアリスは知らないだろう。そう思いながら、

「アリス君、ちょっといいだろうか？」

と、レイムは声をかけた。アリスがレイムに顔を向ける。

＋＋＋＋＋＋＋＋＋＋＋＋＋＋＋＋＋＋＋＋＋＋＋＋＋＋＋＋＋＋

●聴取対象：アリス

時刻　：17：40

場所　：パンドラ本部・二階・西廊下

特記事項：解答者は〝スペアリブ〟を食べている最中で、発声は不明瞭。

Q．ちょっといいだろうか？

A．もぐもぐ。見てわからないのか、私は、幸福を満喫中だ。

Q. すぐに済みます。〝マハニ〟という言葉を知らないだろうか？　知らないなら知らないで――。

A. ……む、それくらい知っている！

※付記3・またも想定外の返答だったが、今度は質問者は動じなかった。解答者が強がっているだけだと、すぐにわかったからだ。だが、解答者はそれを認めまいとするように、勢いだけで解答した。微笑《ほほえ》ましい。

A. り、料理のことだな！　肉料理だ！　うんうん、あれはイケる！

Q. 残念ながら、料理でないのは確かです。ありがとう、では、これで――。

A. 待て！

Q. ？？？

A. おまえの質問に答えてやったのだ、私の質問にも答えろ！

Q. かまいませんが、質問とは？

A. む～……そうだ、女同士、男同士で頬《ほお》を嚙《かじ》り合って、肌を合わせるのは普通なのか？

Q. （理解不能）い、いきなりなにを……。

A. いや、この間、シャロンの部屋で（以下、記録者による自主削除）

＋＋＋＋＋＋＋＋＋＋＋＋＋＋＋＋＋＋＋＋＋＋＋＋＋＋＋＋＋＋＋＋＋

アリスと別れ、レイムは『パンドラ』の書庫に向かった。

（恐ろしいことを知ってしまった……）

レイムの表情は、若干、青ざめている。

（まさかシャロン様が……いや、これは忘れよう。私は、なにも聞かなかった！　そんなことより呪いの調査を！）

廊下を歩みながら、ぶんぶんと首を振るレイムを、通りがかりの『パンドラ』職員が奇妙なものを見る目で、ちらちらと見ていた。レイムは、そのことに気づかない。やがて、落ちついたレイムは、前方、廊下の角にひとりの女性の姿を見た。

『パンドラ』本部で見かけるのは珍しい人物だった。エイダ＝ベザリウス、オズの妹だ。

オズとエイダの叔父《おじ》・オスカーは、四大公爵家のひとつ、ベザリウス家の現当主として『パンドラ』でも重要な役職に就いている。なにかの用事でオスカーに呼ばれて、というのが彼女がここにいる理由としては考えられた。

エイダは廊下の角に身を潜《ひそ》めて、曲がった先をこっそりと覗いているようだ。

『？？？』と怪訝に思いながら、レイムはエイダの後ろに歩みよる。

なるべく驚かせないように、と気遣いながら、そっと名前を呼びかけ、肩に手を置いた。

「……エイダ様？」

「〜〜〜〜〜〜〜〜〜っっ⁉」

びっくんと背筋を震わせ、声にならない悲鳴を上げるエイダ。弾《はじ》かれたようにふり返る。

（思いっきり驚かせてしまった……）

すみません、とレイムは頭を下げ、ですが、と問いかけた。

「こんなところでなにをなさってるんですか？」

「あ、ああああのっ、違うんです、私っ」涙目で、顔をまっ赤にして、エイダは主張する。

いきなり、違うんです、といわれてもレイムにはわからない。

見るとエイダは、胸に黒い表紙の本を抱えていた。大事に、大事にするように。


＋＋＋＋＋＋＋＋＋＋＋＋＋＋＋＋＋＋＋＋＋＋＋＋＋＋＋＋＋＋

●聴取対象：エイダ＝ベザリウス
　時刻　：17：50
　場所　：パンドラ本部・二階・北廊下
特記事項：解答者は、ひどく狼狽《ろうばい》しているようであった。

Q．様子が変ですが、大丈夫ですか？
A．大丈夫ですっ、なんでもないんです、私、そのっ。
Q．角の向こうに、なにかあるんですか？
A．ないです、なんにも。違うんです、私は、別に覗き見とかっ、してませんからっ。
Q．はぁ。ところで、その大事そうに抱いている本は——。
A．これは……その……ヴィンセント様に、お薦めしようと思って……。
Q．ヴィンセント様に、お薦め？
A．だからっ、ごめんなさい違うんですぅぅぅぅぅ……!!
※付記5・解答者は、ここで現場より高速で離脱。追跡は叶わず、〝マハニの呪い〟に関して、

聴取を行うことはできなかった。
※付記6・解答者が去ったあと、現場には、解答者が落とした一冊の書物が残っていた。
＋＋＋＋＋＋＋＋＋＋＋＋＋＋＋＋＋＋＋＋＋＋＋＋＋＋＋＋＋＋＋

エイダは廊下を、レイムが来た方向へ疾風のように走り去った。

「……なんだったのだろう」

呟いて、レイムはエイダが立っていた場所に落ちていた本を拾い上げる。黒い表紙は、革製の無地のカバーで、ぺらりと開いてみると最初のページに本のタイトルが書かれていた。タイトルは『お子様でも学べる・やさしい黒魔術・初級儀式編』。

(やさしい？　黒、魔術……？)

レイムが思うエイダのイメージからは、かけ離れた書物だった。

「これをヴィンセント様に……」

人差し指でメガネを持ち上げ、レイムはパラパラとページをめくる。その本は〝子供向け〟といいながら、なかなかに本格的な内容のようだった。

どういうことだろう、とレイムは考える。

(エイダ様は、その……どこか天然……いや、ユニークな感性をお持ちのところがあるから、これを一風変わった詩集などと勘違いなさっているのだろう)

魔術書に記載されている怪しげな呪文《じゅもん》や、謎《なぞ》めいた専門用語は、幻想的な詩のようといえなくもない。きっとそうだ、とレイムは納得する。

あとでエイダ様に返してさしあげよう、と考えた。

魔術書を手に、レイムは廊下の角を曲がる。そこで足をとめた。

エイダほどではないが、やはり『パンドラ』本部で見かけるのは珍しい人物が、曲がった先にいた。エイダの言葉から予想はしていたが、ヴィンセント＝ナイトレイと、その従者である少女・エコーだ。

ヴィンセントは四大公爵のひとつナイトレイ家の子息で、『パンドラ』にも所属している。

だが、彼はナイトレイ家の館《やかた》から、あまり出歩かないことで知られていた。

レイムは、エイダが魔術書のことを、――ヴィンセント様にお薦めしようと思って、といっていたことを思いだす。

ここで自分からヴィンセントに渡しておこうか、と考えたが、すぐに思い直す。

(きっと、エイダ様はご自分の手で……と思っておられるはず)

出過ぎた真似《まね》はしないでいよう、とレイムは決めた。小さく息を吸い、

「――ヴィンセント様」

呼びかけ、会釈する。ヴィンセントはレイムに気づき、にこりと笑ってみせた。

端正な笑み。だが、そこに他者への親しみといったものは感じられない。ヴィンセントは隣に立っているエコーの頭をなでながら、

「ちょっと遊びにきてみたよ。よかったかな……」

「もちろんです。私は、ちょっとお相手できませんが……」

そう、とだけ呟き、ヴィンセントは意に介した様子なく、穏やかに微笑んでいる。
レイムは彼に微笑みかけられているだけで、息苦しさを覚える。
(どうにも苦手だ、このお方は……)

＋＋

●聴取対象：ヴィンセント＝ナイトレイ
　時刻　：１７：５５
　場所　：パンドラ本部・二階・北廊下
特記事項：従者・エコーは基本的に言葉を発さなかった。

Q. ひとつ、お伺いしてもよろしいでしょうか?
A. なにかな……?
Q. 〝マハニ〟という言葉に、聞き覚えはあるでしょうか。
A. ちょっと思い当たらないね。エコーはどうだい?　………この子も知らないようだね。
Q. そうですか。お手間をとらせて、申しわけありません。
A. 僕からも……質問いいかな。ギルは、どこにいるの?　せっかく会いにきたのに……。
Q. 私も、まだ今日はお見かけしていないので、ちょっと。
A. そっか……、残念だね。じゃあ、僕らは行こうか、エコー。
A. はい、ヴィンセント様。

A．ダメだよ、エコー。僕のことも、ちゃんとパパって呼んでくれないと……。
A．…………。
A．――エコー。
A．…………はい。ぱ、パパ。
※付記7・知らなかった、まさか血縁関係⁉
A．……死にたいです。

＋＋

ヴィンセントはエコーを従えて、レイムの前から去った。

（パパって……）

衝撃的な言葉を聞いてしまった、とレイムは思う。……だが、ナイトレイ家、とくにヴィンセントと深く関《かか》わりたくはない。忘れよう、と誓い、頭から追いやった。

ふと手に持った魔術書に目を落とす。呪いの調査もあるが、やはり先にエイダを探して返してあげようと思い、レイムは踵《きびす》を返した。

すぐ背後、真後ろにエイダが立っていた。

「――――っっ⁉」びくうっとレイムは驚きのあまり硬直する。

エイダは、ひどく焦ったような思い詰めたような顔をしていた。レイムが持っている魔術書を見やり、指さし、

「あのあのあのっ、それっ……」

「あ、ああ、これですか。お落としになられていたので……どうぞ」

ずいぶん必死な様子のエイダに、レイムは魔術書を手渡す。するとエイダは、ぎゅっと魔術書を胸に抱きしめ、じっとレイムを見つめてくる。なにかいいたそうな、そんな表情だ。レイムは怪訝に首を傾げて、どうしました？　と聞いた。

「えとっ、その、この……本なんですけど。なか、見ちゃいました……？」

「ああ――」

レイムは相槌《あいづち》を打つ。エイダの全身からは『見てませんように！　見てませんように！』というオーラが溢《あふ》れている。

レイムのなかで、エイダは『魔術書を、詩集かなにか、ロマンチックな書物と勘違いしている』と理解されている。その理解に基づいて、レイムは、――エイダ様は内容を知られることが恥ずかしいのだろう、と判断した。

レイムは微笑んで「見てませんよ」と優しい嘘《うそ》を口にする。その瞬間、エイダは、どっと肩の力が抜けたように安堵《あんど》の息を吐いた。

魔術書を拾ってくれたレイムにエイダは何度も礼をいった。レイムは、まだヴィンセントを追いかければすぐに見つけられることを教えたが、エイダはまっ赤な顔で首を振って、歩き去っていった。女性にはいろいろあるのだろう、とレイムは思った。

頭を切り換えて、呪いの調査を続行する。『パンドラ』の蔵書にも当たってみよう、と考えて書庫に向かった。書庫に入ると、そこにはブレイクがいた。

「やぁ、レイムさん」

にこやかに手を振る、腐れ縁ともいうべき友人の姿。その姿を見た瞬間、なぜかレイムは、

(――コイツ、私を待ちかまえていた?)

と感じた。なぜ、と問われても答えられない。直感だった。

「今日は、休日だったのでは?」

「返上だ。……ルーファス様からの、頼みごとでな」

「おお、勤勉なるレイムさんに祝福を」

「からかうな。それより、ちょっといいか?」

果たしてブレイクは知っているだろうか。もし知らなければ、さっさと会話を切り上げよう。悪友と呑気にじゃれあっている暇はない。

「はい、なんでしょう?」とブレイクは首を傾げた。


++++++++++++++++++++++++++++++++

●聴取対象:ザークシーズ=ブレイク
時刻　:18:10
場所　:パンドラ本部・書庫
特記事項:解答者は、一貫して笑みを浮かべていた。

Q.〝マハニ〟という言葉を知っているか。

A．ん～……、知っているような、知らないような、どっちでしょう～？
Q．わかった。じゃあな。
A．あーっ、思いだした、思いだしましたヨ！〝マハニの呪い〟のことでしょう？
Q．…………知っているなら最初から教えろ。
A．そうですネー、女装してかわいく『教えて☆』っていってくれたら――。
Q．私が知る限りのおまえの恥ずかしい過去を、パンドラ中にばら撒《ま》くぞ。
A．ちょ、ちょっとなんですか、ノリ悪いですよレイムさん⁉
Q．今日ばかりは、おまえの悪ふざけにつき合っている暇はないんだ。
A．ふ～～ん、残念ですネェ。この前、私が着たドレス、サイズが大きければ君にも似合うと思ったんですが。
Q．着たのか！
A．まあいいです。長年のつき合いに免じて特別に教えてあげますから、とりあえず肩でも揉んでくだサイ。
Q．…………なぜ肩。
A．あ、腰でもいいですヨ。
Q．そういうことではなく。
A．君の主人がよく言う情報の対価ってやつですヨ～。ほらほら、急ぎの用なんでしょう？
Q．くそ……。ほら、肩を揉まれながらでも話せるだろう、さっさと教えろ。
A．あ～効く効く。いえ、私は知りませんヨ。

※付記8・このとき、一瞬、解答者を絞め殺そうかと思った。
A．ですが、お嬢様は知ってます。私は、ソレを知っているんですヨ。
＋＋＋＋＋＋＋＋＋＋＋＋＋＋＋＋＋＋＋＋

ブレイクとの会話で、レイムはさらに疲労を蓄積した。

そのまま書庫で文献の調査も行うか迷ったが、現在シャロンがいるとブレイクが話した三階の執務室を目指して、書庫を出る。階段を上っている途中、二階と三階の間の踊り場で、レイムはギルバートを見かけた。

そのときギルバートは、踊り場の窓から外を眺めていた。

すでに空は夕暮れの朱色から、濃紺の夜空へと移りつつあった。早くも月が見えていた。

今夜は満月のようだ。

ふとレイムの脳裏に、不明瞭な記憶がよみがえる。それはルーファスの言葉だ。

――こんな月夜にこそ、…………

なんの会話をしていたか、よく思いだせない。

「レイム？」

そんなレイムに、先にギルバートから話しかけてきた。

普段からそうしているのを見ることも多いが、ギルバートは悩ましく眉間《みけん》にシワを寄せていた。外を眺めながら、考え事をしていたらしい。

目指していたのはシャロンがいる執務室だが、ギルバートにも話を聞こうとレイムは思った。

「ギルバート様。お尋ねしてもいいですか?」

「レイム、〝女性〟というのは一体どういうものなんだ? オレにはわからない」

尋ねるより先に、ギルバートから尋ねられた。


＋＋＋＋＋＋＋＋＋＋＋＋＋＋＋＋＋＋＋＋＋＋＋＋＋＋＋＋＋＋＋＋＋＋

●聴取対象:ギルバート=ナイトレイ
時刻 :19:20
場所 :パンドラ本部・階段踊り場
特記事項:解答者は、深遠なテーマについて悩んでいるようだった。

Q. 最近、なにかあったんですか? 女性絡みで。
A. 毒グ……、なっ、なにもない。オレは、別に女性とどうこうなんて……あるわけがない。
※付記9・解答者はものすごく動揺していた。なにかあったのだろう。
A. 女性が、みんな、エイダ様のようならいいのに……。
Q. ………………………。
※付記10・……ちょっと解答者のことが心配になった。大丈夫だろうか。
A. わからない。
Q. あの、お尋ねしていいでしょうか。それとは違う話なのですが。

A. わからないんだ、レイム。
Q. 〝マハニ〟という言葉を……、
A. ……聞いたこともない。
Q. わかりました。失礼します。
A. (ため息)
+++++++++++++++++++++++++++

ギルバートと別れ、三階の執務室にレイムが入るとシャロンがいた。

シャロンは執務机に着いて、なにかの書類にペンを走らせていた。仕事中だったらしい。

ペンを筆立てに戻し、レイムへと顔を向けてくる。

「レイムさん? 私になにかご用ですか?」

「あ、いえ、たいした用事ではないのですが。お邪魔であれば、出直します」

「かまいませんわ。一息、つきたかったところです」

にっこりと笑うシャロン。それは、けっして社交辞令とは思えない表情だった。

「紅茶でも出させましょうか」

シャロンはそういって、卓上の呼び鈴へと手を伸ばす。——おかまいなく、とレイムは遠慮したが自分が飲みたいのだとシャロンは茶目っ気のある笑みで、呼び鈴を鳴らした。と、すぐに使用人がティーセットを持って現れる。

レイムにも紅茶を勧め、自らも優雅にティーカップを傾けながら、シャロンは用件を促す。

「で？　どうされましたの？」

＋＋＋＋＋＋＋＋＋＋＋＋＋＋＋＋＋＋＋＋＋＋＋＋＋＋＋＋＋＋＋＋＋＋

●聴取対象：シャロン＝レインズワース

時刻　：19：30

場所　：パンドラ本部・三階・第六執務室

特記事項：ノーコメントとする。

Q．では。〝マハニの呪い〟というものを、ご存じですか？

A．……その質問、これまで他の誰かになさいました？

Q．はい、オズ様とギルバート様、それからザクスと、あとは──。

A．ふむ、そうですか。けっこうですわ。

Q．それがなにか？

A．いいえ。では、私が知っていることを、お教えしましょう。

Q．お願いします。

A．ひとつは〝マハニ〟という言葉そのものに意味がある。もうひとつは〝ピンク〟ですわ。

Q．……………………同じことを。

A．どうかされまして？

Q．いいえ。……それ以外には？

A. 残念ながら。
Q. そうですか。わかりました、感謝します。では、失礼します。
A. ええ、ごきげんよう。
Q. ——と、そういえば、シャロン様。
A. はい?
Q. 先ほどアリス君から聞いたのですが、貴方のお部屋で……その……じょ、女性同士の本を……。
A. ————。

※付記11・このとき。
解答者から発せられた〝気〟は、質問者の心胆を寒からしめた。
自身の心の油断を悔いた。
調査を果たすことなく、死ぬのかと思った。これを書きながらも手が震えている。

A. よく聞こえませんでしたわ。なにか? ふふふ。
Q. いえ、なんでもありません。失礼します。

——各々に対する聴取内容は、以上となる。ふりだしに戻った……

++

3

『ふりだしに戻った……』

と報告書の最後にそう書いて、レイムは嘆息した。バルマ家の執務室。

作成し終えたばかりの『報告書2』を眺める。

いまだ呪いを解除する方法は、未解明のままだった。

ルーファスの言葉、このままでは我は死ぬ。もし解除方法がわからず、ルーファスが、レイムの主が亡くなれば。

四大公爵家のひとつバルマ家から当主が喪《うしな》われれば、大騒ぎ――どころでは済まないだろう。

レイムは、報告書に何度も出てくる〝MAHANI〟という綴りを、じっと見つめる。

――〝マハニ〟という言葉そのものに意味がある。

ルーファスとシャロン、二人から同じ言葉をいわれた。

ということは、やはり、この言葉自体に隠された意味を探らねばならない。そうは思ってもレイムの知識にはない言葉で、文献に当たっても見かけることはなかった。お手上げだ。レイムは椅子の背もたれに深くもたれて、窓の外を見やる。

今夜は一段と満月が大きく見える。冴々《さえざえ》とした月光が窓ガラス越しに差しこんでいる。

(ずいぶん明るいな……)

灯《あか》りがなくても文字が見えるんじゃないか、と思い、執務机の上のランプの灯火を吹き消してみた。温かな灯りに照らされていた室内が、一転、青白い月明かりに染め上げられる。レイムは報告書を手に、窓辺へと歩んだ。

「ああ、読める」

月明かりの下、報告書に並ぶ細かい文字は、苦労せずとも読みとることができた。

「こんな、月夜にこそ――」無意識に口をついた。

先ほど、階段の踊り場で脳裏によみがえったルーファスの言葉だ。

以前、ルーファスとした会話。

そう、あれは今夜のように明るい満月が照っていた、夜。ルーファスは、いったのだ。


こんな月夜にこそ、――――は、相応《ふさわ》しいというように。


そして、自分は主の言葉に、そうですね、と応えた。そのはずだ。

（……なぜ、いま、そんなことを思いだす？）

レイムは、自分で自分の思考がわからなかった。

雑念をふり払うように、報告書にまとめた情報を追う。何度も目に入る言葉――〝MAHANI〟。綴りをじっと見つめるうちに、文字のひとつひとつがレイムの頭のなかでバラけて、てんで勝手に動きだす。

言葉が意味をなくし、ただの文字の群れに見える。

A

A

M

H

N

I

――そして。

天啓は、突然に訪れた。レイムは、思わず声を上げた。

「〝文字遊び《アナグラム》〟!!」

4

空には明々と照る満月、冴々と降る月光。

その月明かりの下、淡い桃色の小さな花を、満開に咲かせた一本の大樹が立っている。

バルマ家の私有地の奥まった一角、開けた芝生の庭園。

そこに一本の木が立っているだけ、という情景は、ある意味、侘《わ》びしさを感じさせるといってもいいものだった。だが、不思議ともの足りなさは感じない。そんな存在感が、大樹と、満開に咲いた花々にはあった。

そして、大樹の根元には幾人ものひとが集っていた。

ルーファス、オズ、エイダ、ギルバート、シャロン、ブレイク、――レイム。

レイムを除き、全員が芝生の上に広げた薄手の絨毯《じゅうたん》の上に、座っている。ひとの輪の中央にはオードブルの盛られた皿と、ルーファス秘蔵の米から作った酒の瓶が何本も、それに小皿やフォークなどの食器類がたくさん。

それは、さながら夜のピクニックとでもいうべき、情景だった。


しばらく前。

——遠い異国に、〝ハナミ〟という文化があるそうじゃ。

ルーファスは、米から作った珍しい酒を買った商人から聞いた話を、レイムにしてくれた。

——花を愛《め》でながら、酒を味わい、歌や一芸を披露しあって楽しむ宴《うたげ》らしい。

——ガーデン・パーティのようなものですか？

レイムが自分の知識にある言葉を引っぱってきていうと、ルーファスは近いものだが、色々と異なる点がある、と語った。

なかでもルーファスが気に入ったのは、〝ハナミ〟は、夜、月明かりのもとで行われることもある、ということだった。ランプや燭台《しょくだい》などの照明を用いず、月明かりだけを灯りとして花を愛で、宴を楽しむ。

確かに、それはレイムの知るガーデン・パーティにはない作法だった。

ちょうどその話をされたのは、明るい満月の夜で。

だが、これから客を招くには、すでに遅い時刻で、結局その夜〝ハナミ〟は行われなかった。

――こんな月夜にこそ、〝ハナミ〟は、相応しいというに。

――そうですね。

口惜《くや》しげなルーファスに、レイムもそう同意した。


（本当に……）

宴で盛り上がるひとの輪から離れて、レイムはひとり大樹の幹にもたれて座っている。

（〝ハナミ〟がしたいのなら、最初からそういえばいいものを）

なんて回りくどいことを。はた迷惑な。それがレイムの正直な感想だった。


〝MAHANI〟を並び替えて〝HANAMI〟。

気づいてみれば子供だましのような〝文字遊び〟を解いて、レイムはルーファスの書斎を訪れ、解答を告げた。するとルーファスは書斎の窓から外を見やり、夜空に昇った満月を確認して、満足げにいったのだ。

――ふむ、ちょうどよい頃合《ころあ》いじゃな。この程度の言葉遊びに気づけぬようであったら、今日一日といわず永遠に暇《いとま》をくれてやることろじゃったぞ。ほれ、さっさと支度をせい。

その時間にレイムが訪れることを、最初からわかっていたかのように。

そして、ルーファスは、必要なものは、すでに現地にそろえさせてある、といった。

さらに、

――招待状も、昨夜のうちに出してある。使用人レイムの久方ぶりの休日をよきものにする

ために と書いたことが功を奏したか、多くのものが参加を表明しておる。まったく、肝心のひとりが来ぬとあって、我のテンションはダダ下がりじゃが……。

——……招待状？

ルーファスの言葉の後半は耳に入らず、レイムは呆然《ぼうぜん》と呟きをもらす。それに応えて、ルーファスが挙げた名前がオズ、シャロン、ブレイクだった。そして、招待状には、宴は賑《にぎ》やかなほうがよいとして、友人・知人を連れてくるように書き添えておいた、と。

さらに、招待状に書き付けられていたのは、その誘いの文句だけではなかった。

「はぁ……」

疲れの滲んだ吐息をもらして、レイムはもたれている大樹を見上げる。

闇《やみ》のなか月明かりを受け、夜風にゆれる小さく可憐《かれん》な薄桃色の花々が目に鮮やかだ。すん、と鼻を鳴らして嗅《か》げば、ふわりとかすかに上品な花の匂《にお》いがした。

「——サクラ。〝ソメイヨシノ〟という品種らしいですネ」

不意にすぐそばで声がして、レイムが顔を向けると、片手に酒瓶、反対の手に小さな杯をふたつ持ったブレイクが膝立《ひざだ》ちになって笑っていた。

どうぞ、とレイムに杯のひとつを持たせ、ブレイクは酒瓶から注ぐ。

米から作った、というとおり、独特の甘い香りがレイムの鼻をくすぐった。だが、杯は本当に小さなもので、ほんの一口で飲み干せてしまうほどしか注《つ》げない。

レイムは、くいっと一息に杯を空にした。——無粋ですネェ、とブレイクが苦笑して、ほんの軽く杯に口をつける。

「これはこうやって――舐《な》めるようにチビチビやるもんですヨ」

「知らん。たりん」ぐいっと杯を突きだす。

「今日一日、お疲れさまでした、レイムさん」

労《いたわ》りの言葉を口にしながら、ブレイクがレイムの杯に酒を注ぐ。レイムは杯を口もとに運びブレイクの真似をするように、ごく軽く口をつけた。

そのまま、じとっとした目でブレイクを睨《にら》みやる。杯を口から離し、

「なにがサプライズ・パーティだ。おまえまでグルになって」

「いやいや、バルマ公にも困ったものですよネェ。……あれは招待状というか、もはや完璧《かんぺき》な命令書でしたヨ」

オズ、シャロン、ブレイクに昨夜、ルーファスから届けられた招待状。

そこには、まず『普段から苦労の絶えないレイムのために、心優しい我は宴を催してやろうと思い至り――』という文章からはじまり、いかに自分が使用人想《おも》いの主であるかが、これでもかと書かれていたらしい。

さらに、その過剰なまでの自画自賛に加えて、招待状には、いざ宴となった際のレイムの喜びを増大させるため、ちょっとした余興を用意したことも記されていた。

それが〝マハニの呪い〟、ＨＡＮＡＭＩの文字遊び、呪いの調査と称して、レイムに『パンドラ』本部を奔走させ、宴のゲストたちから情報を集めさせること。……ギルバートやアリスには伝えていない辺りが、ルーファスの賢さだった。どちらも企《たくら》み事や、芝居の苦手なものた

ちだ。そして、招待状の最後は、こう結ばれていたという。

『――呪いだと思っていたものが、自分を労《ねぎら》う宴だと知ったレイムは、驚きとともに感涙にむせぶであろう。汝らも、この素晴らしい企画に携われることを、我に、心より感謝するがよいぞ』と……。

ひと通り説明し終わったブレイクに、レイムはしみじみと嘆息した。

「感涙ではなく、呆《あき》れて涙が出そうだった……」

「まぁまぁ」そんなレイムにブレイクは慰め顔になって「バルマ公の一番の野望も、果たされなかったようですし」

「野望？」怪訝な顔でブレイクを見返すレイム。

「ええ、お嬢さまから聞いたのですが――」

そして、ブレイクは、やや声を潜めて話した。正確には、それはシャロンが夜の外出を祖母に許してもらおうと話しに行ったとき、シェリルからいわれたことだという。シェリルは招待状が届いたことにはじまり、使用人のためという宴のことを聞いたあと、すこし考えてシャロンにいったそうだ。うふふ、と日だまりのような朗《ほが》らかな笑みで、

――レイムさんをダシに優しさアピールなんて、器の小さい男ね、といってあげて。

と。

「……シャロン様は、それを？」

「むろん、伝えたそうだヨ。そして、それを聞いたバルマ公は、一度は宴をとりやめにしようと考えたらしい。――まぁ実際は、そうしなかったみたいだけどネェ。さすがに、わかったん

だろう。もし、それを選んでいたら、あとでシェリル様がなんというか」

ブレイクの話を聞き、やはりレイムは、しみじみと嘆息をもらした。言葉もない。

(……困ったおひとだ、ルーファス様は)

胸のうちで呟き、杯に口をつける。二・三度、口をつけると、また杯は空になった。レイムは視線をすこし離れたひとの輪に向ける。すでにけっこうな酒量の入っているらしいルーファスが、上機嫌で扇子を舞わせ、ひとの輪の中央で詩を吟じていた。

ブレイクが、レイムと同じようにルーファスを見やり、感心したようにいう。

「すっかり機嫌も直って、いまじゃバルマ公が一番〝ハナミ〟を楽しんでいますネェ」

「……まぁ……」

ぽつりといったレイムに、ブレイクが顔を向ける。

「以前から、一度、やってみたいと思っておられたようだしな……」

レイムの言葉に、ブレイクは納得顔をして、

「一石二鳥……いえ、三鳥を狙《ねら》った、ということだったんですネェ」

さすが策略家のバルマ公、とブレイクは感心していた。

(三鳥……?)

とレイムは、その意味を考える。ひとつはシェリルへのアピール、ひとつは自分の欲求。

もうひとつは――、

(本当に、私を労らわれる、ため?)

そうかもしれないし、そうでないかもしれない。わからなかった。

だから、レイムは「注《つ》げ」といってブレイクに杯を突きだす。はいはい、と苦笑して、ブレイクが酒を注いでくれる。お返しに、レイムはブレイクの杯にも注いでやった。「――おっととと」とブレイクは、なみなみと注がれた杯を上手に口元に運ぶ。

レイムは、ルーファスから彼をとり囲んでいる面々へと視線を移し、ふと聞いた。

「どうなんだ？　シャロン様も、お酒を嗜《たしな》まれるのか？」

「……ええ、まぁ」

珍しくブレイクは口ごもった。ふむ、とレイムは軽く吐息をこぼして、

「そうか、そういうふうには見えないな」

「嗜むというか……まぁ大丈夫でしょう、今日は飲まないといっておられたので」

飲むとどうなるのか、とレイムは思ったが、踏みこんではいけない気がして、それ以上は聞かなかった。

ひとの輪を観察すればその様子はさまざまだ。ギルバートは顔をまっ赤にして、早くも前後不覚に陥ってオズとエイダに介抱されている。シャロンは、そんな三人の様子を微笑ましそうに眺めながら、すこしくらいなら、と思っているようにチラチラと酒瓶を見ている。そして、誰も自分に注目していないことに、ルーファスが不満げな顔でなにかいっている。

米から作った酒は、甘い飲み口に比してアルコール度数が強いのか、あるいは疲れが溜《た》まっているせいなのか。酒には強いレイムも、わずかに頬が赤らんでいた。

「まさか、こんな休日になるとはな」

苦笑して、呟く。

――と、

ざあああああああああ、と強まった夜風が庭園を吹き抜けて、サクラの大樹の枝をゆらし花びらを散らせた。月夜の下、舞う薄桃色の花びら。闇との対比が美しく、まるで起きながらみている夢のようだ。そして、そのなかでルーファスは長い朱色の髪をなびかせ、花びらの流れに合わせるように、扇子を右へ左へと操っていた。

それは、まるで幽玄の世界へと手招きしているようにも見えて――。

やがて、風が収まる。

我知らず呼吸をとめていたレイムは、ふう、と息を吐いた。

「レイムさん」

笑みを含んだ声でブレイクに呼ばれ、顔を向けると、レイムの杯を指さしている。

なみなみと注がれた酒の水面に、サクラの花びらが一枚浮いていた。

そして、水面には夜空の満月も映っている。

「まったく風流じゃあないですカ。ネェ？」

ブレイクが楽しげにいった。……そうだな、とレイムは同意する。ちらりとルーファスを見ると開いた扇子で口元を隠し、わずかに細めた目でレイムを見ていた。

――どうじゃ、と。

そう自慢げにレイムに語りかけている。

（まったく……）

吐息まじりに、胸のうちで呟いて、レイムは杯を口に運んだ。

酒と花びらと、満月をいっしょに飲み干す。ブレイクが「いい飲みっぷりですネェ」と囃《はや》す。

レイムは思い描いていた。

今日、作成した報告書の草稿、どこに提出するアテもない書類。宴が終わって帰宅したら、最後に、今日という日のまとめの報告書を作成しようか、と。

そこに書くべき内容は、レイムのなかで決まっている。

胸のポケットから愛用の手帳をとりだし、さらさらと空白のページにペンで覚え書きをした。

そして。

この報告書は、誰にも見せられないな、と思う。

手帳に書き留めた内容は——、

『たまには、こういうのも悪くない』

〜Fin〜

A SIDE EPISODE OF PINK CURSE
おや レイムさん
少《すこ》し顔《かお》が赤《あか》くなってますヨ
…………え?
珍《めずら》しいですネ 酔《よ》ってます?
…………自覚《じかく》はないが…
なになに~
え レイムさんって見《み》かけによらずお酒《さけ》強《つよ》いの?
…………
強《つよ》いもなにも
はっきしいって…ザルですよこの人《ひと》。
はい そうなんです……。

えーっ うそーー！ 意外《いがい》ーー!!
見えなーい!!
まあ そのせいで いつも 酔《よ》っぱらいの世話《せわ》や 後始末《あとしまつ》を やらされるんですけどネ
ま…まずたぁぁぁ
どどこですかぁぁ あぁぁあ ああ
(ほろ酔い)
酔《よ》って重要機密《じゅうようきみつ》を もらす心配《しんぱい》がないので 色々《いろいろ》とあれな場所《ばしょ》にも 情報収集目的《じょうほうしゅうしゅうもくてき》で 放《ほう》りこまれるんでしょう？
…それも 任務《にんむ》の一環《いっかん》だ
すげーっ!! レイムさんは ただの "眼鏡《めがね》のいい人《ひと》" じゃなくて
パンドラ一《いち》の ザル男《おとこ》 だったんだね!!
ドン
オズ様《さま》 そのネーミング センスはどうかと
ちなみに 私《ワタシ》と二人《ふたり》の時《とき》は どれだけ飲《の》もうと 互《たが》いに素面状態《しらふじょうたい》 ですけどネー
※二人共《ふたりとも》 酒《さけ》の肴《さかな》は甘味《かんみ》
至福…
…それ お酒《さけ》飲《の》む意味《いみ》 あるの？

PandoraHearts

Gファンタジーノベルズ

小説
Pandora Hearts
Caucus race

2011年3月26日　初版発行
2011年4月25日　２刷発行

原作・イラスト◆望月 淳
著者◆若宮シノブ
デザイン◆菅沢友子

発行人◆田口浩司
発行所◆株式会社スクウェア・エニックス
〒151-8544　東京都渋谷区代々木3-22-7
新宿文化クイントビル3階
営　　業03(5333)0832
書籍編集03(5333)1634

印刷所◆加藤製版印刷株式会社

Printed in Japan
ISBN978-4-7575-3186-4　C0293